KB234085

매일 밤
쪽 하고 애교부리는
흡혈귀 아가씨
글 이와츠카 이즈카 ill. 카니빙
© Kani Biimu

아카츠키 시로
……아무래도 울음소리를
흉내 내며 '나는 친구야'라고
어필하려는 모양이다.

테트라 폰 발프레아♡
"아으……
역시 쓰담쓰담 하면 안 되나요?
테트라는 적이 아닌데요?"

테트라가 내뱉은 숨이 닿을 정도의 거리.
혀로 입술을 핥으며 입맛을 다시는 모습은
어딘가 고혹적이었고,
여자아이의 좋은 향기가 났다.

"후후. 기다리게 한 만큼 ♡
마음껏 만끽하겠어요."

"왠지 아까부터……
엄청, 시로의 피가
마시고 싶어서…….”

매일 밤 쪽 하고 애교부리는 흡혈귀 아가씨

매일 밤 쪽 하고 애교부리는
흡혈귀 아가씨
1

이와츠카 이즈카 지음 / 카니빔 일러스트 / 강유정 옮김

소미미디어

커버 그림, 본문 일러스트 | 카니빔

그건 골든 위크 첫날밤의 일이었다.

고등학교 1학년 소년—— 아카츠키 시로는 동네 슈퍼에 50% 세일 도시락을 사러 왔다.

"감사합니다. 또 오세요."

남은 도시락을 사서 가게를 나오자 해는 완전히 저물어 있었다. 직원 아주머니가 좀처럼 50% 세일 스티커를 붙여 주지 않아서 늦어지고 말았다.

'그래도 이 동네는 해가 저물어도 밝네.'

시로는 그런 생각을 하며 가로등 빛에 눈을 가늘게 떴다.

그런 풍경을 바라보며 거주 중인 아파트를 향해 터벅터벅 걸어가다가 아마 시로와 또래로 보이는 소년, 소녀 무리와 스쳐 지나갔다.

골든 위크라고 친구들끼리 마음껏 노는 중인 걸까. 다들 신난 얼굴로 즐거운 듯이 높은 소리로 웃었다.

그 모습을 바라보며 시로는 작게 한숨을 쉬었다.

'골든 위크도 결국 집에서 뒹굴뒹굴하는 것 외에 할 게 없네……'

——시로가 나고 자란 곳은 시골에 있는 작디작은 마을이었다.

당연히 아이가 많을 리도 만무하고, 마을에 있는 학교의 재학생이라고는 시로와 여동생 둘 뿐. 방과 후에 매일 교장 선생님과 장기를 둔 것이 중학생 시절 가장 좋았던 추억일 정도로 참혹했다.

그만큼, 큰 도시의 고등학교에 진학하게 되었을 땐 기대에 부풀었다.

앞으로 수많은 고등학교 친구에게 둘러싸이고, 귀여운 여자아이와 연애하고, 만화에서 본 듯한 반짝이는 청춘을 보낼 수 있으리라고.

하지만 현실은 그러지 못했다.

일단 화제가 통하지 않는다.

시로가 잘 아는 건 장수풍뎅이가 좋아하는 먹이를 만드는 법이라거나, 숨바꼭질할 때 기척을 숨기는 법 등이었고, 버튜버나 소셜 게임 이야기가 나오면 전혀 따라갈 수가 없었다.

시로에게 스마트폰이 없던 것도 큰 원인이었다. 현대의 고등학생에게 스마트폰이 없는 것은 상당히 치명적이었다.

결정타는 고등학교 입학 직후의 실수였다.

TV 드라마 이야기로 떠들썩한 여자아이들을 보고 'TV 드라마 이야기라면 나도 할 수 있어!'라고 생각하며 할아버지가 보던 시대극 이야기로 돌격했다가 완전히 분위기를 깨고 만 것이다.

그때의 '얘 뭐야……' 하는 표정이 가벼운 트라우마가 되어서, 그 이후부터 사람들 사이에 끼기를 망설이게 되었다.

학교에서 대화하는 사람이 아예 없는 건 아니지만, 그래도 휴일에 함께 놀 정도는 아니다.

결국 골든 위크임에도 불구하고 시로는 오늘도 혼자, 저녁 식사로 50% 세일 도시락을 사러 가는 일상을 보내게 되었다.

"하아……."

시골에서 막 나왔을 땐 희망에 차 있었다. 앞으로 분명 멋진 청춘이 시작되리라 생각하여 가슴이 뛰었다.

하지만 현실은, 큰 불만이 있는 건 아니지만 충실하다고 할 수 없는 나날이 이어지고 있다.

이대로 큰 이벤트도 없이 3년을 보내고 허무하게 어른이 되는 걸까. 또 한숨이 나왔다.

……그건 둘째치고 너무 늦어지고 말았다.

지름길로 가기 위해 평소에 잘 다니지 않는 골목길에 들어섰다.

큰길과 다르게 뒷골목은 드문드문 서 있는 가로등 외엔 빛이 없어서 상당히 어두웠다.

근처에 방치된 공원까지 있는 탓에 분위기가 굉장히 스산해서인지 오가는 사람 없이 정적으로 가득 찼다.

그래도 시골에선 이 정도의 어둠쯤은 아무것도 아니었기에 익숙하다. 시로는 딱히 개의치 않고 걸어 나갔다.

그렇게 당분간 걷고 있는데—— 길가에 은발의 소녀가 쪼그려 앉아 있는 것이 시야에 들어왔다.

깜짝 놀라 발걸음을 멈췄다. 그 소녀의 등에는…… 마치 박쥐 같은 검은 날개가 달려 있었다.

'흡혈귀?!'

존재는 알고 있었지만 설마 이런 곳에서 마주칠 줄은 꿈에도 생각하지 못했다.

——흡혈귀가 이 세계에 온 건 약 1년 전의 이야기. 일본 근해에 거대한 섬째로 떡하니 나타나서 무척이나 큰 소란이 일었다.

그들의 말로는 본래 다른 세계에 살고 있었는데, 그곳의 인간에게 박해받다가 이쪽 세계로 거주하던 토지째로 도망쳐 왔다나.

어쨌든 처음 확인된 이세계인. 당시에 날마다 뉴스에서 다룬 덕분에 그 존재를 모르는 일본인이 없을 정도였다.

하지만 실물을 본 건 처음이었다.

'가, 갑자기 덮치진 않겠지……?'

TV에서 매일 '흡혈귀는 위험하지 않다', '조금 문화와 생태가 다를 뿐이고 인간과 별 차이 없다'라며 연거푸 알리긴 했지만 역시 조금 무섭다.

자신도 모르게 영화나 소설에서 본 듯한, 인간의 피를 남김없이 빨아먹는 괴물을 상상하고 만다.

……다행히 흡혈귀 소녀는 시로를 눈치채지 못한 모양이었다. 길가에 놓인 종이상자를 어쩐지 진지한 시선으로 들여다보고 있다.

군자는 위험한 것을 가까이하지 않는 법. 시로는 그대로 조용히 소녀의 뒤를 지나가려 했다.

"……."

힐끔 소녀가 있는 방향을 바라봤다.

어둠 속, 가로등에 비친 그 모습에선 어딘가 몽환적인 아름다움이 느껴졌다.

가로등 빛을 받아 반짝이는 은빛 머리카락에, 투명하게 느껴질 정도로 하얀 피부. 등에 솟아난 검은 날개.

나이는 자신과 비슷하거나 조금 아래일까. 체격은 아담한 편이었고, 입은 옷의 분위기가 어우러져서 귀여운 인형 같은 인상이었다.

소녀는 뒤에 있는 시로의 존재를 눈치채지 못한 채, 길가에 놓인 종이상자에 뜨거운 시선을 보내고 있었다.

저렇게 열심히 보면 상자 안에 무엇이 들었는지 궁금해진다.

호기심을 이기지 못하고 슬쩍 다가가 상자 안쪽을 들여

다봤다.

상자 안에는 검은 새끼 고양이가 있었다. 아마도 버려진 고양이려나?

소녀는 조심스럽게 새끼 고양이에게 손을 뻗었다.

고양이를 자극하지 않도록, 아주 천천히 손을 내밀었다.

20cm, 10cm, 5cm…… 하지만 거기서 고양이가 손을 확 쳐냈다.

"아으…… 역시 쓰담쓰담 하면 안 되나요? 테트라는 적이 아닌데요?"

소녀는 쓸쓸한 듯이 어깨를 늘어트렸다. 하지만 소녀는 굴하지 않았다.

이번엔 양손을 머리로 가져가더니 고양이 귀처럼 까딱까딱 움직였다.

"냥냥—."

……아무래도 울음소리를 흉내 내며 '나는 친구야'라고 어필하려는 모양이다.

그렇게 고양이 흉내를 내고 다시 한번 만지기 위해 손을 뻗었지만…… 고양이는 다시 쌀쌀맞게 손을 팍 쳐냈다.

그 모습이 왠지 흐뭇해서 시로는 자기도 모르게 조금 웃고 말았다.

"웃?!"

소녀가 깜짝 놀라며 뒤돌았다.

──보석을 연상시키는 진홍색 눈동자에, 어린 티가 남아 있는 귀여운 외모. 지나가던 사람들이 모두 뒤돌아볼 만한 미모와 매력.

지금까지 이성과 거의 엮여본 적 없던 시로는 순식간에 시선을 빼앗기고 말았다.

한편 소녀는 조금 얼굴을 붉히며 위협하듯이 시로를 노려봤다.

"뭐, 뭔가요, 인간! 전 구경거리가 아니라고요. 저리 가세요!"

"죄송합니다?!"

자기도 모르게 새된 소리가 났다. 처음 본 순간의 충격이 너무 커서 머리가 새하얘졌다.

소녀는 "흥" 하고 콧소리를 내더니 시로에게 흥미를 잃은 듯 다시 고양이에게 시선을 옮겼다.

"저, 저기!"

자신도 모르게 충동적으로 부르고 말았다. 소녀는 여전히 수상한 자를 보는 듯한 시선으로 다시 한번 시로를 바라봤다.

"……뭐죠?"

"그 아이, 버려진 고양이야?"

"흥. 보면 알잖아요."

"혹시, 만지고 싶어? 아까 '냥냥' 하고 울음소리를 흉내
냈잖아."

"그, 그건 못 본 척하세요!"

소녀는 부끄러운 듯이 볼을 붉히고 고개를 휙 돌렸다.

"……잠깐만."

그렇게 말하며 소녀의 옆에 앉았다. 소녀는 '얘 뭐야?'라
는 듯한 시선을 보냈다.

심장이 입 밖으로 튀어나올 정도로 가슴이 두근거린다.
긴장해서 목이 말랐고, 솔직히 자신이 왜 이러는지 알 수
없었다.

하지만 잘 모르겠지만 이 아이와 좀 더 대화하고 싶다.
엮이고 싶다. 그런 충동에 휩싸이고 말았다.

그리고 여자아이와 무슨 대화를 해야 할지는 전혀 모르
겠지만, 고양이를 다루는 것은 자신이 있었다.

시로는 상자 안에 가만히 웅크려 있는 고양이를 내려다
보며 "냐오오―?" 하며 고양이의 울음소리를 흉내 냈다.
새끼 고양이는 귀를 까딱이며 시로를 올려다봤다.

1초, 2초. 기도하는 기분으로 기다리자 "냐오―?" 하며
고양이가 고개를 기울이고 시로에게 대답했다.

"냐웅, 냐아."

"냐앙."

고양이와 그런 대화를 몇 번 나눴다. 그러자 경계심이

풀어진 모양이었다.

 시로가 조심스럽게 고양이의 머리를 쓰다듬자, 고양이는 눈을 가늘게 뜨며 손길을 받아들였다. 확실히 안정된 모습. 시로가 팔 위에 올려 안아도 저항하지 않았다.

 그 모습을 소녀는 눈을 끔벅이며 바라봤다.

 “이, 이 세계의 인간은 고양이와 대화할 수 있나요?!”

 “그건 아니야. 나는 그냥, 옛날부터 고양이 집회에 나가고는 했으니까.”

 “고양이 집회?”

 “응. 내 본가가 산속에 있는데, 본가에서 키우는 고양이가 그 산 일대의 대장 고양이였거든. 그래서 어릴 때부터 같이 집회에 나갔더니 어느샌가 간단한 대화는 할 수 있게 되었다고 해야 하나…….”

 “……왠지 이상한 녀석이네요.”

 소녀는 쓴웃음을 지으며 시로의 팔 안에 있는 고양이에게 조심스레 손을 뻗었으나, 고양이는 또다시 앞발로 그녀의 손을 팩 쳐냈다.

 “우으, 왜 이 인간은 되고 테트라는 안 되는 건가요.”

 “그야 고양이도 모르는 사람이 갑자기 만지려고 하면 무서우니까. 먼저 ‘만져도 될까?’ 하고 물어봐야지.”

 “물어본다니, 어떻게요?”

 “내 흉내 내 봐. 냐오오—.”

"냐, 냐오?"

"그게 아니라. 냐오오—."

"냐오오—?"

"맞아, 그런 느낌이야."

그렇게 몇 번 울음소리를 흉내 내자 고양이가 "냐오—"
하며 대답했다.

"만져도 된대."

"정말인가요?!"

소녀는 반신반의한 얼굴로 주뼛거리며 손을 뻗었다. 그러
자 이번엔 고양이는 펀치를 날리지 않고 쓰다듬을 받았다.

"와아♪ 대단해! 보들보들해요!"

조금 전까지 찌푸리고 있던 표정이 단번에 천진난만하
게 웃는 표정으로 바뀌었다.

등의 날개를 마치 강아지의 꼬리처럼 파닥거리며 온몸
으로 기쁨을 표현하고 있다. 그 모습이 너무나도 귀여워서
눈을 뗄 수 없었다.

하지만 소녀는 시로가 보고 있다는 것을 눈치채자, 이성
을 되찾은 듯이 정신을 차리더니 다시 경계심이 담긴 눈으
로 돌아갔다.

"뭐, 뭔가요. 그 시선은?"

"그냥, 흡혈귀도 이런 점은 인간과 크게 다르지 않다는
생각이 들어서."

"인간 따위와 동일시하지 마세요."

시로의 대답이 마음에 들지 않았는지 소녀는 불쾌한 듯이 고개를 돌렸다.

그러고 보니 TV에서 '흡혈귀는 이세계에서 인간에게 박해받아 이쪽 세계로 도망쳐 왔다'라고 했다. 조금 전 발언은 조금 실례였을지도 모른다.

"미안."

"흥. 그래서 이 아이, 어떻게 할 건가요? 너, 고양이를 잘 다루는 것 같은데 키울 건가요?"

"으음. 키우고 싶긴 한데 내가 사는 아파트는 반려동물 금지라서……."

"하아. 어쩔 수 없네요. 이 아이, 내게 넘기세요."

그 말을 듣고 고양이를 내밀었다. 고양이도 저항하지 않고 소녀의 팔에 안겼다. 그게 기쁜 듯이 소녀의 표정이 부드럽게 풀렸다.

"후후. 귀족으로서 곤궁에 빠진 자를 못 본 체할 수는 없죠. 이 아이는 테트라가 키워주겠어요."

"정말? 고마워."

"왜 네가 감사한 거죠?"

"그거야, 어…… 그냥?"

"이상한 녀석이군요."

소녀는 쿡쿡 웃음을 흘렸다.

하지만 곧바로 다시 정신을 차리더니 경계심을 그대로 드러내는 듯한 눈으로 돌아왔다.

"흐, 흥. 고양이를 이용해 테트라의 환심을 사려고 해도 넘어가지 않겠어요."

"그럴 생각은 없었는데?!"

"글쎄요. 인간은 신용할 수 없으니까요."

소녀는 다시 고개를 돌렸다.

실제로 지금 시로는 사소한 거짓말을 했다.

시로가 그녀에게 말을 건 것은 상냥함이나 오지랖 때문이 아니었다. 충동적이었다고는 해도, 그녀에게 다가가기 위해 고양이를 이용한 것이다.

'좋은 행동은 아니지.'

죄책감이 가슴을 쿡 찔렀다. 죄가 더 늘어나기 전에 자리를 뜨고자, "그, 그러면 난 슬슬 가볼게"라고 말하며 시로는 소녀에게서 등을 돌렸다.

하지만 뒤에서 무언가가 옷을 잡아당겼다. 뒤돌아보니 소녀가 시로의 옷을 붙잡고 있었다.

"……고양이 기르는 법, 가르쳐 주세요."

"뭐?"

"주운 이상, 테트라에게는 이 아이를 제대로 보살필 의무가 있어요. 하지만 테트라는 고양이를 키워 본 경험이 없어요. 그리고 이럴 땐 잘 아는 분에게 조언받는 게 가장 좋

© Kani Biimu

은 방법이겠죠.”

그렇게 말하며 소녀는 자세를 바르게 하고 정중하게 머리를 숙였다.

“그러니까 고양이 기르는 법, 가르쳐 주세요.”

——책임감이 강한 아이구나.

조금 전의 대화만으로도 그녀가 인간을 어떻게 생각하는지는 확실히 알 수 있었다. 그런데 지금은 이렇게 머리를 숙이며 부탁하다니. 그 모습에 무척 호감이 들었다.

“알았어. 그렇다면야 기꺼이.”

“저, 정말인가요? 나중에 ‘대가는 네 몸으로 받도록 하지, 크헤헤’ 같은 소리는 안 할 건가요?”

“안 해! 네가 생각하는 인간은 대체 어떤 이미지야?!”

“짐승이죠. 등을 보이면 안 돼요.”

“그야 모르는 사람을 상대할 때는 어느 정도 경계심이 필요하지만, 여긴 그렇게까지 막장은 아니거든?”

“글쎄요. 테트라는 인간을 간단히 신용할 수 없어요.”

다시 고개를 팩 돌린다. 그런 소녀를 보고 쓴 웃음을 지으며 시로는 어떻게 할지를 고민했다.

“그래…… 어쨌든 고양이를 키울 거라면 고양이용 사료나 화장실을 사야겠지.”

“그건 어디에서 구할 수 있죠?”

“역 앞에 펫숍이 있으니까, 거기서 살 수 있을 거야.”

"역 앞…… 말이군요. 인간, 잔뜩 있겠죠……."

소녀는 불쾌하다는 듯이 얼굴을 찌푸렸다. 하지만 고개를 휙휙 가로젓고는 결심한 듯이 크게 고개를 끄덕였다.

"고귀한 자는 약한 자를 돕기 위해 싸워야 할 때가 있죠. 노블레스 오블리주예요……!"

"그렇게까지 비장할 일인가? 뭐, 복작복작한 곳에 있어서 찾기 어려울 수는 있겠네. 안내해 줄게."

"안내……해주는 건가요? 너무 친절하잖아요. 역시 뭔가 계략이 있는 게……."

"아무 계략도 없어. 단지, 나도 고양이 키워봤고, 너라면 이 아이를 소중히 보살펴 줄 것 같아서 그런 것뿐이야."

"흥. 뭐, 부탁한 건 이쪽이니까 이번엔 조금쯤은 신뢰해 주겠어요."

소녀는 그런 말을 하며 시로의 얼굴을 흘끔 쳐다봤다.

"……너, 이름이 뭐죠?"

"응?"

"어느 정도 신세를 지게 됐으니, 이름쯤은 기억해 두죠. 영광으로 생각해요."

소녀는 자신이 존경받아 마땅하다는 듯한 태도로 가슴을 폈다.

하지만 그 모습이 왠지 귀여워서 시로는 자기도 모르게 얼굴이 풀어지려는 것을 느꼈다.

"그렇다면야……. 내 이름은 아카츠키 시로. 잘 부탁해."

"아카츠키 시로…… 시로군요."

소녀는 이름을 몇 번 되뇌더니 고개를 끄덕였다. 그리고 한 손으로 치맛자락을 잡고 우아한 동작으로 고개를 숙였다.

"테트라의 이름은 테트라 폰 발프레아예요. 짧은 시간이 겠지만 잘 부탁드려요, 시로."

——그렇게 자기소개하는 테트라를 보고, 시로는 어쩐지 매우 그리운 기분을 느꼈다.

"뭐죠? 남의 얼굴을 빤히 쳐다보고."

"아니, 그게, 이상한 질문일 수도 있는데…… 우리, 예전 에 어디서 만난 적 있던가?"

"뭐라고요?"

시로의 말에 테트라는 얼굴을 찌푸리더니 아까처럼 경 계심 가득한 눈으로 돌아왔다.

"알아요. 그거, 헌팅이란 거죠? 역시 인간은 짐승이라니 까요……!"

"뭐? 아니야! 진짜 그럴 생각으로 말한 게 아니라! 그냥 왠지 그런 기분이 들었다고 해야 하나……."

그렇게 말하긴 했지만 있을 수 없는 일이다.

흡혈귀가 이 세계에 온 것은 약 1년 전이고, 물론 최근 1년 동안 테트라와 마주친 적은 없으니까.

"이상한 소리 하지 말고 가죠. 자, 빨리 펫숍이란 곳으로 안내해 주세요."

"그래……."

그렇게 두 사람은 펫숍을 향해 밤거리를 걷기 시작했다.

이것이 인간 시로와 흡혈귀 테트라, 두 사람의 새로운 관계의 시작이었다.

발단은 약 1년 전. 일본 근해에 갑자기 커다란 섬이 나타난 것이었다.

면적을 따지자면 수백 제곱킬로미터나 되는 육지가 아무 전조도 없이 나타난 이상 사태.

게다가 조사해 보니 그 섬에는 장엄한 성과 마을이 펼쳐져 있었고, 등에 박쥐 같은 날개가 달린 사람들이 살고 있었다.

그들은 '우리는 이세계에 살던 흡혈귀고, 이세계의 인간의 박해를 견디다 못해 이쪽 세계로 섬째로 도망쳐 왔다'라고 말했다.

어쨌든 세상에 처음 나타난 이세계의 방문자. 게다가 섬째로 갑자기 나타났기에 은폐할 수도 없이 눈 깜짝할 새에 세상에 그 존재가 알려졌다.

일본 전역은 앞으로 어떤 일이 일어나는 것이냐며 불안에 휩싸였고, 일부 사람들은 '뭔가 다른 계략이 있는 거 아닐까?', '무슨 일이 생기기 전에 미사일을 쏴서 불태워 버리자'라는 과격한 의견까지 내놓았다.

그런 목소리가 좋든 나쁘든 사라지게 된 것은, 흡혈귀의 대표들이 사자로서 일본에 찾아온 것이 계기였다.

——결론만 짧게 얘기해 보자면…… 사자로 찾아온 흡

혈귀들이 모두 엄청난 미모의 소유자였다.

아이돌이나 할리우드 스타 따위는 비교도 되지 않는 미남, 미녀, 미소년과 미소녀의 집단.

게다가 몸짓 하나하나에 귀족다운 기품이 흘러넘쳐서, 그들을 맞이한 외교관들도 무심코 자세를 고쳐 앉을 정도였다.

그런 그들이 성심성의껏, 눈물을 머금고 자신들의 궁핍한 상황을 호소하며 지원을 요청했다.

그 모습이 안방극장에 그대로 흘러 나간 후, 일종의 흡혈귀 붐이 일어났다. 분위기가 반전되어 '일본에는 대접하는 문화가 있다', '그들을 보호해야 한다'라는 목소리가 커졌고, 여론에 휩쓸리듯이 일본은 흡혈귀들과 공존하는 길을 선택했다.

그 후로 1년. 이세계에서 온 흡혈귀라는 화제도 이제 완전히 일상의 일부가 되어서 지금에 이른다.

시로는 이전에 TV에서 본 그런 이야기를 떠올리며 흡혈귀 소녀——테트라를 데리고 인적이 없는 밤길을 걸었다.

'나…… 지금 엄청난 짓을 저지른 것 같은데?'

쿵쿵 뛰는 심장이 진정되지 않았다.

지금까지 여자아이와 제대로 대화할 기회도 거의 없었는데, 헌팅과도 같은 방식으로 테트라처럼 귀여운…… 거기에 흡혈귀인 소녀와 함께 걷고 있다.

솔직히 현실감이 들지 않아서 볼을 꼬집어 봤지만, 당연하다는 듯 아팠다. 이건 분명 현실이다.

흘끔 뒤돌아보니 테트라는 시로의 조금 뒤에서 걷고 있다.

품에 안은 고양이에게 손가락으로 장난을 걸거나, '냥냥'이라고 말을 걸면서. 거기에 고양이가 반응하면 기쁜 듯이 웃었다.

'저런 점은 역시 평범한 여자애 같네.'

등에 날개가 달려 있긴 하지만 반대로 말하자면 그것 외에는 평범한 여자아이와 다름없다.

그보다, 몸짓 하나하나가 너무나도 귀여웠다.

어쩐지 행동에서 기품이 흘러넘치긴 하지만, 때때로 감춰지지 않는 아이다움이 보여서 그게 무척이나 귀여웠다. 방심하면 자신도 모르게 넋을 잃고 바라볼 것 같았다.

지금까지 이성에게 크게 관심이 있었던 것도 아닌데 테트라는 너무나도 신경 쓰였다. 가까이 있는 것만으로도 어쩐지 기분이 진정되지 않았다.

"그런데 테트라는 왜 그런 곳에 있었어?"

시로가 묻자, 테트라는 울컥한 얼굴로 시로를 노려봤다.

"그건 왜 묻죠? 흡혈귀가 인간 마을에 있으면 안 되나요?"

"그게 아니라…… 흡혈귀들은 이쪽 세계에 온 이래로 줄곧 섬에서 지내던 거 아니었어?"

　1년 전에 이세계에서 흡혈귀들이 섬째로 일본 근해에 나타나 큰 소란이 일었으나, 흡혈귀들은 지금도 그 섬에서 지내는 중이다……라고 시로는 인식하고 있었다.

　"얼마 전부터 인간과 흡혈귀의 교류 사업인가 뭔가로 일부 흡혈귀가 일본에서 지내게 되었어요. 테트라도 그래서 여기로 왔죠."

　"오오. 그런 일을 맡다니, 테트라 대단하다. 그러면 그 골목길에 있던 것도 일 때문이었어?"

　"……."

　"아니야?"

　"……지금, 가출 중이에요."

　"뭐?"

　시로는 눈을 끔뻑였으나, 테트라는 겸연쩍은 얼굴로 시선을 피했다.

　"어쩔 수 없잖아요! 테트라는 실은 인간의 도시에는 오고 싶지 않았는데 억지로 끌려와서, 메루…… 아, 제 시중을 드는 메이드인데, 메루가 매일 '인간과 좀 더 교류해 보세요'라면서 잔소리하고, 싫다고 해도 '본인의 위치를 생각해 주세요'라고 하고. 위치가 어떻든 싫은 건 싫은 거예요!"

　그렇게 말하며 불만을 드러내는 테트라. 하지만 걱정스러운 표정의 시로를 보자 깊게 한숨을 쉬었다.

　"……저도 알아요. 제가 억지를 부린다는 건. 이 고양이에 관한 일이 끝나면 돌아갈 테니까 그렇게 보지 마세요.”

“으, 응.”

“어쨌든! 지금은 이 아이의 일이 먼저예요! 확실하게 안내 부탁할게요, 시로!”

그런 대화를 나누는 사이 두 사람은 골목길을 빠져나왔다.

이 동네는 지방에 있지만 역 주변은 상당히 넓어서, 밤이어도 큰길은 밝고 사람이 많다.

“웃……..”

어두운 골목길에서 밝은 큰길로 나올 때, 테트라는 망설이듯이 발걸음을 멈췄다.

“왜 그래?”

“……아무것도 아니에요.”

그렇게 말하긴 했지만, 테트라는 마치 시로의 등에 숨듯이 거리를 좁혀왔다.

그런 행동을 의아하게 여기면서도 시로는 발걸음을 옮겼다.

──솔직히 말해, 테트라는 상당히 눈에 띄었다.

반짝이는 은빛 머리카락에, 눈길을 사로잡는 미소녀였고, 박쥐 같은 검은 날개까지 달려 있다. 그런 여자아이가 나타나면 순식간에 이목이 모여드는 게 당연하다.

노골적으로 빤히 바라보는 사람은 많지 않지만, 주변 사람들은 계속해서 힐끔거리며 시선을 보냈다.

"저것 봐. 저거 흡혈귀지?"

"와, 처음 봤어."

"코스프레 아니야?"

"우와. 진짜 날개 달렸구나."

지나다니는 사람들이 수군거리는 목소리가 들려왔다.

그런 주변의 시선을 버티지 못했는지 테트라는 시로의 등 뒤에 숨어 몸을 움츠렸다.

"괜찮아?"

"……문제없어요."

"혹시, 인간이 무서워?"

"무, 무섭지 않아요! ……조금 어려운 것뿐이에요."

테트라가 전에 있던 세계에선 흡혈귀가 인간에게 박해당했다고 한다. 테트라가 인간을 꺼리더라도 이상하진 않다.

"미안. 조금만 더 참아."

시로는 테트라와 떨어지지 않도록 조심하며 걷는 속도를 조금 올렸다.

하지만 횡단보도에 멈춰선 순간이었다.

신호가 파란불이 되기를 기다리는데, 학생으로 보이는 껄렁껄렁한 3인조가 이쪽을 보며 큰 소리로 말했다.

"우와, 흡혈귀 아냐?"

"뭐야. 진짜인가?"

"인터넷에 올리면 반응 오겠는데?"

히죽거리는 얼굴로 그렇게 말하며, 마치 포위하듯이 이쪽을 향해 스마트폰을 들었다.

"히익……."

테트라가 작게 비명을 질렀다. 얼굴을 보니 테트라는 완전히 겁먹은 표정으로 떨고 있었다.

그리고 3인조는 테트라가 확실히 싫어하는데도 불구하고 스마트폰 촬영을 멈추지 않았다.

시로도 이 상황에 발끈하며 테트라의 손을 잡았다.

"가자, 테트라."

"아……."

파란불로 바뀌자마자 테트라의 손을 끌고 빠르게 걸어나갔다. 테트라는 놀란 표정이었지만 조용히 시로를 따라왔다.

그리고 3인조가 보이지 않는 곳까지 오자 테트라가 작게 소리를 냈다.

"저기…… 시로…… 손……."

"앗, 미안!"

시로는 서둘러 손을 놓았다. 화내리라 생각하여 마음의 준비를 했는데, 테트라는 마치 소동물처럼 몸을 작게 웅크렸다. 몸이 잘게 떨리고 있었다.

"테트라, 괜찮아?"

“……네.”

“조금만 더 가면 되는데, 참을 수 있겠어?”

“……네. 참아볼게요.”

센 척할 기운도 없는지 테트라는 작은 목소리로 대답했다.

두 사람은 당분간 말없이 걸었다. 이윽고 테트라가 작게 중얼거렸다.

“……고마웠어요.”

“응?”

“아까…… 솔직히, 도움 됐어요. 발이, 굳어서…… 움직일 수가 없었는데…….”

“신경 쓰지 마. 아…… 혹시 내가 처음에 말 걸었을 때도 혹시 무서웠어? 그랬으면 미안해.”

“아뇨. 독대라면 괜찮아요. 단지…… 아까처럼 여러 명에게 둘러싸는 건 좀……. 옛날에 무서운 일을 겪은 적이 있어서…….”

테트라의 목소리가 작아졌다. 무슨 일이 있었는지는 모르겠지만, 트라우마가 있는 모양이다.

하지만 테트라는 고양이를 위해 지금도 이렇게 노력 중이다.

그 모습을 보자 어쩐지 남자로서 ‘이 아이는 내가 지켜줘야 해’라는 사명감이 솟아올랐다.

“괜찮아! 무슨 일이 있어도 내가 테트라를 지킬 테니까!”

정신을 차렸을 땐 입이 멋대로 그런 소릴 내뱉은 후였다.

테트라는 눈을 동그랗게 떴다.

시로도 뒤늦게 부끄러워져서 점점 얼굴이 뜨거워지는 것을 느꼈다.

"아니, 그게, 나도 남자고 테트라도 노력하고 있으니까 내가 정신을 똑바로 차려야겠다고 생각해야 하나, 뭐라고 해야 하나……."

"두서가 없네요."

테트라는 졌다는 듯이 피식 웃었다. 하지만 바로 정신을 차리더니 다시 고개를 돌리고 말았다.

"흥. 그런 말로 테트라의 환심을 사려고 하다니, 10년은 일러요."

"그럴 생각은 아니었는데……."

"글쎄요. 아까 그 일로 빚을 지우려는 생각이었겠지만, 속지 않을 거예요."

"그런 거 아니라니까! 나는 정말로 테트라를 지키고 싶은 마음에……!"

"으윽……."

너무나도 직설적인 말에 테트라는 대꾸할 말을 잃고 말았다.

작게 한숨을 쉬더니 눈을 반만 뜬 채로 시로를 바라봤다.

"어쨌든, 너 같은 타입의 인간은 처음이에요."

"그, 그래? 고마워."

"……칭찬은 아닌데요."

이후로 또 잠시 침묵의 시간이 이어졌다.

"……."

테트라가 시로를 흘끔 쳐다봤다.

"……."

테트라는 뭔가를 고민하듯이 입을 꾹 다물더니, 포기한 듯이 깊은 한숨을 쉬었다.

그리고 조용히 손을 뻗어 시로와 팔짱을 꼈다.

갑작스러운 팔짱에 시로의 얼굴이 곧바로 빨개졌다.

"테, 테테테, 테트라?!"

"이, 일일이 동요하지 마세요! 숙녀가 신사의 에스코트를 받을 땐 이래야 한다고요!"

테트라도 조금 볼을 붉히며 시로를 노려봤다.

"뭐, 뭐 너는 뭔가 계략을 꾸밀 정도로 약삭빠른 인간은 아닌 것 같고? 그렇게까지 말한다면 오늘만 테트라의 기사로 인정해 주겠어요. 테트라를 호위하게 해줄 테니 제대로 에스코트하세요!"

"네, 네!"

이렇게, 두 사람의 펫숍을 향한 행진이 시작되었다.

길을 걷는데도 역시 주변 사람들의 시선이 모여든다. 하지만 두 사람에게 향한 시선은 아까처럼 기이한 것을 보는 듯한 시선과는 조금 달랐다.

시로가 딱딱하게 굳어 버린 것이다.

삐걱대며 팔과 다리가 같이 나가는 모습. 귀여운 여자아이와 팔짱을 끼고 걷느라 긴장한 것이 한눈에도 보였다.

"왜 그렇게 이상하게 걷죠? 걷기 힘든데요."

"그게……."

"뭐죠?"

"아까부터 테트라의 가슴이 닿는 게 신경 쓰여서……."

"예?"

테트라는 눈을 동그랗게 떴다. 시선을 내려 본인의 몸을 보고는 다시 시로를 보고…… 순식간에 얼굴을 새빨갛게 물들이며 거리를 벌렸다.

"지, 짐승! 시로는 짐승이에요! 아까 테트라를 지키겠다고 해놓고 대체 무슨 생각을 하는 거죠!"

"어쩔 수 없잖아. 나도 일단 남자인데! 여자애가 가슴을 들이대면 신경 쓰일 수밖에 없다고!"

"으아아, 그렇게 말하지 마세요오오! 들이댄 적 없어요! 사고라고요! 그리고 그런 건 알아채자마자 바로 말해 주면 되잖아요?!"

"테트라가 처음에 일일이 동요하지 말라고 했잖아!"

한창 사춘기에 들어선 소년과 고양이를 안은 흡혈귀 소녀.

기묘한 조합이지만 왠지 흐뭇해지는 모습에 주변 사람

들도 따뜻한 시선을 보냈다.

결국 그 후에는 팔짱을 풀어버린 테트라가 시로의 옷자락을 살짝 붙잡는 정도의 거리로 정리되었다.

"정말이지, 심한 모욕을 당했어요!"

테트라는 계속 중얼거리며 불평을 이어 나갔다.

하지만 입꼬리가 조금 풀어져 있어서 왠지 즐거운 표정처럼 보이기도 했다.

"……후훗."

"테트라?"

"아무것도 아니에요. 그런데 시로. 심심해졌어요. 뭔가 재밌는 이야기 해주세요."

"엄청 당당하게 요구하네……."

"레이디를 즐겁게 만드는 것도 신사의 소양인걸요. 자, 뭐든 좋으니까, 테트라를 즐겁게 만들어 보세요."

그런 말을 들어도, 여자아이가 즐거워할 만한 이야깃거리와는 연이 없다.

시로는 시선을 이리저리 움직이며 어떻게든 화제를 쥐어 짜냈다.

"그러고 보니 테트라는 일본어를 엄청 잘하네. 어떻게 배운 거야?"

"애니메이션 보고 배웠어요."

"아~ 외국인이 일본어를 배우는 계기가 애니메이션이란

이야기는 자주 들었어.”

“그런가요.”

거기서 대화가 끊기고 말았다.

솔직히 익숙지 않은 일이라 의욕이 꺾일 것 같았지만 힘내서 대화를 이어 나갔다.

“으으음…… 혹시 그 애니메이션, ‘마왕 전생. 악역 영애의 집사가 되었습니다’인가?”

“……!”

테트라가 어째서인지 깜짝 놀란 표정으로 시로를 올려다봤다. 놀란 듯이 눈을 깜빡였다.

“시로, ‘마왕집사’를 알고 있나요?”

‘마왕집사’란 인기 작품 ‘마왕 전생. 악역 영애의 집사가 되었습니다’의 줄임말이다.

테트라의 조금 독특한 말투가 그 애니메이션의 히로인과 똑 닮아서 혹시나 했는데.

“응. 동생이 엄청 팬이라 원작 소설이랑 만화도 전부 가지고 있거든. 나도 영향받아서 완전 팬이 됐고.”

“훌륭하죠!”

갑자기 테트라의 목소리가 커졌다.

반짝거리는 얼굴로 시로를 올려다봤다. 날개가 파닥였다.

“시원찮은 인간이라고 생각했는데 보는 눈이 제법이잖아요! 훌륭한 작품이죠, 마왕집사! 인간은 좀 꺼려지지만,

그런 작품을 만들어 낸 점은 아주 좋게 평가해 줄 수 있어요. 저기, 시로. 시로는 어떤 캐릭터가 좋나요? 테트라는 흡혈 공주인 에스칼리제 씨가 좋아요.”

억지로 쥐어 짜낸 화제가 설마 크리티컬 히트였을 줄이야.

갑자기 말이 많아진 테트라에게 두근거리며, 모처럼 다가온 기회를 놓칠 수 없다는 생각에 시로도 필사적으로 내용을 떠올렸다.

“어어, 나도 에스칼리제 씨는 좋아해. 항상 자유롭게 지내지만, 중요한 순간에는 의지할 수 있다는 점이 좋지.”

“그렇죠! 뭐야. 제법 잘 알잖아요. 칭찬해 주겠어요! 좋죠, 에스칼리제 씨. 무고한 백성을 지키기 위해서 햇빛에 타들어 가면서도 계속 싸우는 회차는 눈물 없이는 볼 수 없었어요. 엔딩에서 오열하는 바람에 메루가 걱정했다니까요. 그거야말로 참된 노블레스 오블리주예요. 테트라가 좋아하는 에피소드는 주인공인 마오랑 처음 만났을 때…….”

테트라는 쉬지 않고 떠들다가 이성을 되찾은 듯 말을 멈췄다.

기쁜 표정으로 히죽거리는 시로를 보고 부끄러운 듯이 볼을 붉혔다.

“뭐, 뭐죠? 그 흐뭇해 보이는 얼굴은!”

“아니. 즐겁게 얘기하는 테트라를 보니까 여동생이 생각나서.”

"뭐라고요?! 웃기지 마세요! 인간 동생과 저를 동일시하다니 농담으로도 있을 수 없는 이야기예요!"

그런 대화를 나누는 사이에 펫숍에 도착했다.

펫숍의 점원도 갑자기 찾아온 흡혈귀 소녀를 보고 놀랐지만, 시로가 사정을 이야기하자 흔쾌히 받아들여 줬다.

고양이 용품이 놓인 구역으로 가자, 쭉 늘어선 상품에 테트라는 눈을 번뜩였다.

"어, 엄청 많네요……. 어떤 게 좋나요?"

"으음…… 그러고 보니 테트라는 돈 얼마나 있어? 내가 지금 가진 돈으로는 가장 싼 것밖에 못 사는데."

"아, 가격은 걱정하지 마세요. 우리 메이드가 '이걸 보여 주면 뭐든 살 수 있다'라고 말했거든요."

그렇게 말하며 테트라는 검은 카드를 꺼내 들었다.

"오오, 테트라는 신용카드가 있구나?"

"……그게 뭐죠? 이 카드는 대단한 건가요?"

"대단하다기보다는, 나는 아직 미성년자라서 없거든."

"흐흥. 테트라는 어른이니까요. 공경하도록 하세요."

테트라는 '에헴'이라고 자랑하듯이 가슴을 폈다.

조금은 마음을 열었는지, 처음 만났을 때와 다르게 표정이 휙휙 바뀌어서 보고 있으면 즐겁다.

고양이의 사료와 용품을 고르고 사용법을 설명하자 반

발하지 않고 열심히 들었다.

겸사겸사 고양이가 배가 고픈듯해서 점원에게 양해를 구한 후 구매한 고양이용 간식을 줘 봤다.

"와아……! 이거 보세요, 시로! 먹어요, 먹고 있어요!"

고양이가 간식을 할짝대는 모습에 테트라는 눈을 반짝였다.

시로는 "그러게, 귀엽네"라고 대답하면서도 시선은 테트라에게 못 박혀 있었다.

눈을 반짝이며 고양이를 예뻐하는 테트라가 매우 귀여워서, 정신을 차리고 보니 고양이가 아니라 완전히 테트라에게 시선을 빼앗긴 상태였다.

"후후. 이 세계의 동물은 얌전해서 좋네요."

"그쪽 세계의 동물은 난폭해?"

"으음, 귀여운 것도 없지는 않지만…… 예를 들면 알미라지라는 이름의, 이 세계의 토끼에 뿔이 난 듯한 동물이 있는데. 어릴 때 정원에서 헤매는 아이에게 손을 내밀고 '이리 와~'라고 했더니 뿔로 들이받아서 배에 바람구멍이 난 적이 있었죠."

"생각보다 심각한 이야기잖아?!"

"흐흥. 인간이라면 위험했겠지만, 흡혈귀는 강하니까요! ……뭐, 엄청 아파서 집에서 키우자는 꿈은 접었지만요."

"테트라는 동물을 좋아하는구나. ……이 가게, 다른 동물도 있는 것 같은데 괜찮으면 보고 갈래? 자, 저기에 토끼도 있어."

"흥. 그런 말로 테트라의 환심을 사려고 하다니…… 잠깐, 저게 뭔가요?! 앙고라 토끼?! 솜뭉치가?! 솜뭉치가 움직여요!"

그렇게 테트라와 함께 펫숍의 동물들을 구경했다.

처음엔 말 붙이기 어려운 느낌이었는데 서서히 대화가 흐름을 탔다. 아무래도 테트라는 자신이 좋아하는 화제가 나오면 말이 많아지는 타입인 듯했다.

그리고 시로도 테트라와 대화하는 게 즐거워서 시간이 빨리 지나갔고, 정신을 차리고 보니 펫숍이 곧 문을 닫을 시간이었다.

가게를 나올 땐 지나다니는 사람도 상당히 줄어 있었다.

고양이도 피곤했는지 시로가 든 동물용 운반 케이지 안에서 푹 잠든 상태였다.

"시간이 늦었는데 집까지 바래다줄까?"

"흥. 흡혈귀는 밤에 강하거든요? 우리가 만난 곳까지만 배웅해도 충분해요."

시로의 제안은 그렇게 거절당했다. 인적이 드물어진 거리를 둘이 걸었다. 이런 시간에 거리를 돌아다니는 건 처음이라 조금 두근거렸다.

“……즐거웠어요.”

“어?”

깜짝 놀라 테트라를 바라보니 그녀의 볼이 조금 붉었다.

“솔직히 처음엔 ‘이 인간 뭐야?’라고 생각했는데, 즐거웠어요. 그 점은 뭐, 감사하도록 하죠.”

“응. 나도 테트라와 같이 시간을 보내서 엄청 즐거웠어.”

“그런가요.”

대답은 무뚝뚝했지만, 날개가 파닥거렸다.

그렇게 저벅저벅 걸어가다 보니 서서히 두 사람이 만난 곳이 가까워졌다.

‘어쩌지. 왠지, 엄청 아쉽네…….’

테트라와 함께 보낸 시간은 짧았지만 이제 헤어져야 한다고 생각하니 무척 아쉬웠다.

좀 더 테트라와 함께 있고 싶다. 좀 더 대화하고 싶다. 그런 마음이 솟아올랐다. ——그런데 그때.

꼬르륵…… 하며 테트라의 배에서 요란한 소리가 났다.

“……배고파?”

“시, 시끄러워요! 레이디의 생리 현상은 못 들은 체하라고요!”

“미안. 으으음, 흡혈귀는 인간의 피가 주식이지? ……내 피로도 배가 차려나?”

“뭐라고요?”

테트라는 진심이냐는 듯한 시선을 보냈다. 그리고 깊은 한숨을 쉬었다.

"하아, 인간은 아무것도 모르는군요. 테트라는 귀족. 흡혈귀 중의 흡혈귀. 그런 테트라에게 직접 피를 헌상하는 건 매우 명예로운 일이에요! 서민이 하고 싶다고 할 수 있는 일이 아니라고요."

그렇게 말하긴 했지만, 다시 꼬르륵…… 하는 요란한 소리가 울렸다.

테트라는 얼굴을 빨갛게 물들였고 시로는 쓴웃음을 지었다.

"괜찮아. 부끄러운 게 아니야. 배고프면 소리가 나는 게 당연하지."

"으으…… 왠지 아이 취급당하는 기분이에요……."

테트라는 그렇게 말하고 다시 한숨을 쉬었다.

"어쩔 수 없죠. 대의를 위해선 약간의 희생이 필요한 법. 잠깐 냄새 좀 맡아 볼게요."

"냄새라니…… 우왓?!"

테트라는 갑자기 시로의 목깃을 붙잡고 살짝 발돋움하여 시로의 목덜미에 얼굴을 가까이 가져가더니 냄새를 맡았다.

갑자기 여자아이의 얼굴이 다가와서 시로는 또 심장이 두근거리는 것을 느꼈다.

"정말이지. 서민은 가볍게 말한다니까요. 테트라는 귀족 이라고요? 그걸 간단히……."

투덜투덜하면서도 시로의 냄새를 맡던 테트라는 갑자기 말을 멈췄다.

얼굴을 떨어트린 그녀는 눈을 끔뻑이며 시로를 바라봤다.

"……테트라?"

"팔을 내밀어 보세요."

"팔을?"

"뭐, 뭐 시로가 그렇게까지 말한다면? 한 입 정도는 맛봐 줄 수도 있고요? 그, 그러니까 빨리 팔을 내밀어 보세요!"

"알겠어."

어째서인지 갑자기 태도가 바뀐 테트라 때문에 당황하 면서도, 시로는 일단 짐을 바닥에 내려놓고 소매를 걷어 팔을 뻗었다.

──옷에 가려졌을 땐 말라 보였던 시로지만 내민 팔에 는 제법 근육이 붙어 있었다.

무턱대고 키우지 않은 부드러운 근육. 혈관도 두꺼워서 피부 아래에 파란 핏줄이 비쳐 보였다.

그 팔을 마치 보석처럼 감정하듯이 뚫어지게 쳐다보더 니, 테트라는 꿀꺽 침을 삼켰다.

"너, 뭔가 운동이라도 했나요?"

"아니, 딱히? 아, 우리 본가가 시골이라 어릴 때부터 산이

나 숲을 뛰어다녀서 체력은 자신 있어.”

“흐응? 참고로 물어보는데, 뭔가 특별한 음식 같은 걸 먹기라도 하나요?”

“그것도 딱히…… 아, 본가에 있을 땐 매일 본가의 밭에서 딴 채소를 먹었는데, 거기 뒷산이 영산으로 불렸거든. 거기서 나오는 약수를 마시기도 했지.”

“그렇군요. ……뭐, 뭐어? 나쁘진 않아 보이는군요? 귀족인 테트라의 입에 맞는 인간은 드물거든요.”

그렇게 말하며 테트라는 어째서인지 조심스러운 느낌으로 시로의 팔에 얼굴을 가져다 대더니 덥석 물었다.

아프리라 각오했는데 놀랄 정도로 통증이 적었다. 그보다 테트라가 팔을 무는 감촉에 긴장하느라 아픈 걸 신경 쓸 정신이 없었다.

한편 테트라는 시로의 팔을 문 채로 굳어 버렸다.

“……저기, 테트라?”

“…….”

테트라는 대답이 없었다.

시로의 팔에서 입을 떼어놓더니 멍한 표정을 지었다.

어쩐지 열이 오른 듯한, 눈이 풀린 표정. 그 얼굴이 어쩐지 고혹적이라 보면서 가슴이 두근거렸다.

“테트라? 저기요?”

테트라는 잠시 멍하니 있다가 시로가 눈앞에 손을 흔들

자 번뜩 정신을 차렸다.

"뭐어 나쁘진 않군요. 합격점을 드리겠어요."

말은 그렇게 했지만, 입꼬리가 실룩거렸다. 날개는 떨어져 나갈 듯이 파닥거리고 있다.

"고마워……?"

"영광스럽게 생각하세요! 테트라가 이렇게 평가해 주는건 드문 일이니까요. ……그러니까 말이죠. 저, 그게…….."

테트라는 시로의 옷자락을 살짝 붙잡더니 그를 올려다봤다.

"조, 좀 더 시로의 피…… 마시고 싶어요."

불안한 표정으로 조르는 테트라의 모습에 다시 심장이크게 뛰는 것을 느꼈다.

흡혈귀인 테트라에겐 그저 식사일 텐데, 어째서인지 하면 안 되는 짓을 하는 기분에 빠졌다.

시로는 서둘러 머리를 털어내고, 다시 팔을 내밀었다.

"그래. 괜찮아. 마시고 싶은 만큼 마셔."

"……다음엔 목덜미로 마시고 싶어요. 그리고…… 길가에선 불안하니까, 가능하다면 좀 더 어둡고, 조용하고, 시로의 피를 천천히 맛볼 수 있는 곳에서……."

"어둡고 조용하고 안심되는 곳이라……. 생각나는 곳이없는데……."

"저긴 어떤가요? 왠지 세련된 느낌이고 '휴식'이나 '숙박'

이라고 쓰여 있는데요.”

“응?”

시로는 테트라가 가리킨 방향으로 고개를 돌렸다.

그녀가 말한 대로 그곳엔 성과 같은 외관의 호텔이 있었고, 간판에는 ‘호텔 뱀파이어 휴식 5,980엔, 숙박 8,980엔’이라 적혀 있었다.

시골 출신인 시로지만 올해로 16세. 그 호텔이 무엇인지는 잘 알고 있다.

“흐흥. 인간 마을에도 저런 성 같은 게 있군요. 조금 저렴한 느낌이지만 센스는 나쁘지 않아요.”

“테트라, 아니야! 저긴 아니야!”

당황하는 시로를 보고 테트라는 눈을 깜빡였다.

“뭐가 아니죠? 호텔은 숙박하는 곳이잖아요? 아, 돈이 없어서 신경 쓰이는 거로군요. 테트라가 낼 테니까 안심하세요.”

“그게 아니라! 저건 그, 평범한 호텔과는 다르다고 할까…….”

“네? 뭐가 다르죠?”

“……모, 목적?”

“더 모르겠네요. 그러면 뭘 하러 가는 곳이죠?”

테트라는 전혀 모르겠단 얼굴로 물었다. 하지만 여자아이에게 그런 이야기를 할 수 있을 리가 없다.

"어, 어쨌든! 저긴 우리가 들어가면 안 되는 곳이야!"

그렇게 말하며 조금 억지로라도 호텔에서 멀어지려 했으나, 그런 시로의 옷을 테트라가 꼭 붙잡았다.

뒤돌아보니 테트라가 불안한 얼굴로 시로를 바라봤다.

"역시, 흡혈귀에게 피를 빨리는 게 싫었던 건가요……? 시로의 피…… 안 주는 거예요?"

글썽거리는 눈으로 바라보니, 나쁜 짓을 한 것도 아닌데 어쩐지 엄청난 죄책감이 들었다.

"아니, 그게 아니라……."

"시로의 피…… 마시고 싶어요……."

여자아이가 이런 얼굴로 말하면 어쩔 수 없다.

결국 단념한 시로는 테트라와 생애 처음으로 러브호텔에 발을 들이게 되었다.

입구로 들어가 결제를 마쳤다.

어떤 방으로 할지는 터치 패널로 고르는 듯, 화면에는 다양한 방이 표시되어 있었다.

"호오, 다양한 방이 있군요. ······어라? 이 SM실이란 건 뭐죠?"

"테트라, 평범한 방으로! 평범한 방으로 하자! 응?!"

시로가 허둥지둥하며 말하자 로비 직원이 웃음을 참는 듯이 바들거렸다.

열쇠를 받고 한눈도 팔지 않고 엘리베이터에 올라탔다.

"후후. 이런 곳은 처음이라 조금 두근거리네요."

"그야 나도 두근거리긴 하는데······."

테트라가 단지 레저 시설에 방문한 느낌으로 즐기는 것에 비해, 시로의 두근거림은 전혀 다른 이유였다.

그보다 이렇게 엘리베이터처럼 좁은 공간 안에 테트라와 같은 귀여운 여자아이와 함께 있는 것만으로도 긴장되었다······.

흘끔 쳐다봤다가 마침 이쪽을 보고 있던 테트라와 눈이 마주치고, 시로는 서둘러 시선을 돌렸다.

'어쩌지······.'

그런 생각을 하는 동안 가려는 층에 도착하여 문이 열

렸다.

　문 앞에는 엘리베이터를 기다리던 듯한 중년 남성과, 누가 봐도 정부로 보이는 요염한 여성이 서 있었다.

　여성은 엘리베이터에 타 있던 시로와 테트라를 보고는 잠시 눈을 크게 뜬 후, 시로가 딱딱하게 굳은 것을 알아채곤 흐뭇하게 눈웃음을 지었다.

　시로는 그것만으로도 부끄러움을 참을 수 없어서 테트라의 손을 잡고 도망치듯이 방으로 향했다.

　인생 처음으로 들어온 러브호텔의 방은 예상보다 평범했다.

　차분한 분위기에 고급스러워 보이는 장식품.

　"호오. 서민의 숙박 시설이라 솔직히 얕봤는데 나쁘지 않군요."

　"그러네."

　시로는 일단 고개를 끄덕이며 동의했다.

　……다만, 이곳은 러브호텔이다.

　원래는 남녀가 그런 행위를 하기 위한 장소. 그런 곳에 자신은 귀여운 여자아이와 둘이 와 있는 것이다.

　그렇게 생각하면 솔직히 조금, 사춘기를 맞은 남자로서 바람직하지 못한 생각이 들기도 했는데…….

　'아니, 아니. 무슨 생각을 하는 거야……?!'

머리를 휙휙 저으며 사념을 털어냈다.

그런 시로의 상태도 모르고, 테트라는 방 안을 이리저리 구경했다.

"응? 시로, 이건 뭔가요? '자유롭게 써 주세요'라는 메모가 적혀 있는데요."

"우와아아아아아악?!"

시로는 테트라가 서랍에서 꺼낸 방망이 모양의 무언가를 낚아채고 서랍 안에 다시 집어넣었다.

시로가 그 물건을 어떻게 알고 있냐면, 시로도 남자아이니까. 그 정도는 이해해 주길 바란다.

"시로?"

"이거는, 그…… 그, 그건 좀 위험한 물건이야."

"……흐음?"

어리둥절한 표정의 테트라를 보고 있으면 자신이 매우 더럽혀진 듯한 기분이 들어서 묘하게 기분이 처졌다.

시로가 그러는 사이에도 테트라는 방 구경을 재개했고, 침대에 풀썩 몸을 던지더니 베개에 얼굴을 묻었다.

"음…… 후후. 침대와 베개 상태는 제법이네요."

그대로 다리를 파닥거리는 바람에 치마 안쪽이 보일 뻔해서, 시로는 자기도 모르게 고개를 돌렸다.

테트라는 그런 시로를 눈치채지 못하고 머리맡에 놓인 작은 병에 손을 뻗었다.

"이건 뭐죠?"

그렇게 말하며 궁금하다는 듯 고개를 기울이더니 뚜껑을 열고 냄새를 킁킁 맡았다.

냄새가 없는 것을 확인하고 이번엔 그 내용물을 자기 손바닥 위에 흘리기 시작했다. 미끈하고 투명한 점액이 나오는 것을 보고 시로는 서둘러 막았다.

"자, 자, 자, 잠깐! 테트라. 잠깐만!"

"그렇게 서두르다니 무슨 일인가요? 후후. 이건 알고 있어요. 스킨 케어에 사용하는 거죠? 이런 물건까지 준비해 두다니 꽤 서비스가 좋네요."

그렇게 말하며 테트라는 미끈한 점액을 손에 발랐다.

테트라의 하얗고 예쁜 손이 반들거리는 점액에 덮이는 광경은 조금, 한창 사춘기인 소년에겐 자극이 강했다.

"흐음. 이거 좀 미끌미끌한데…… 응? 시로, 왜 그러죠? 갑자기 그런 데에 쪼그려 앉다니."

"아니, 그게…… 흡혈! 내 피를 마시려고 여기 온 거잖아?! 테트라도 배고플 테니까 서두르는 게 어떨까?!"

"흐흥. 먼저 그렇게 말하다니 기특한 마음가짐이군요. 그러면 어서 샤워하고 오세요."

"어째서?!"

"왜 그렇게 놀라죠? 입에 닿는 거니까 깨끗하길 바라는 건 당연한 거잖아요?"

"아, 그런 거구나……."

왠지 이 짧은 시간 동안 매우 더럽혀진 듯한 기분에 휩싸인 채, 시로는 욕실로 향했다.

'어쩌다 이렇게 됐지…….'

샤워하며 그런 생각에 빠졌다.

불과 몇 시간 전만 해도 골든 위크인데 아무것도 하지 않는 신세를 한탄하고 있었다.

그런데 흡혈을 위해서긴 하지만, 테트라처럼 귀여운 여자아이와 러브호텔에 와 있게 될 줄은 상상도 못 했다.

게다가 이후, 시로는 테트라에게 흡혈 당할 예정이다.

조금 무섭기도 하지만, 그 이상으로 테트라가 직접 피를 빤다고 생각하면 심장이 두근거렸는데…….

"시로, 아직인가요? 기다리다 지치겠어요."

"곧 갈게."

욕실 밖에서 들려오는 테트라의 목소리에 대답했다. 테트라의 목소리는 그저 평온하기만 했고, 그런 것을 의식하는 낌새는 없었다.

'이건 테트라에겐 단순한 식사일 뿐이니까! 그런 게 아니니까!'

머리를 휙휙 저으며 사념을 털어내고, 샤워를 마치고 욕실을 나왔다.

"늦네요."

탈의 공간에 있던 샤워 가운을 입고 침실로 돌아오니, 테트라는 침대에 앉아서 기다리고 있었다. 기다리다 지쳤는지 조금 언짢은 얼굴로 볼을 부풀렸다.

어둑한 방 안에서 침대에 앉아 있는 테트라의 모습은 왠지 배덕감이 느껴져서 시로는 자기도 모르게 침을 삼켰다.

다시 봐도 매우 귀엽고 예쁜 소녀였다.

외모뿐만 아니라, 아담하고 가녀린 체구인데도 흉부의 볼륨은 상당해서…….

"뭐죠? 거기 멍하니 서서."

"아, 아냐, 아무것도."

"흥. 여기 앉으세요."

그 말에 시로는 망설이면서 테트라의 옆에 앉았다. 그러자 테트라는 일어나 시로의 정면에 서더니 기대듯이 목에 팔을 둘렀다.

"──웃?!"

"후후. 기다리게 한 만큼 마음껏 만끽하겠어요."

테트라가 내뱉은 숨이 닿을 정도의 거리. 혀로 입술을 핥으며 입맛을 다시는 모습은 어딘가 고혹적이었고, 여자아이의 좋은 향기가 난다. 심장이 쿵쿵 거세게 뛰었다.

"긴장했나요?"

“그야 조금은…….”

“괜찮아요. 아프지 않도록 상냥하게 해줄게요.”

그렇게 말하며 테트라는 천천히 시로의 목덜미에 얼굴을 가져다 댔다.

두 사람의 뺨이 닿았다. 목덜미의 얇은 피부에 테트라의 숨이 닿아서 오싹거렸다.

“너무 힘이 들어갔어요. 힘, 빼 주세요.”

“그, 그렇게 말해도…… 흐이익?!”

테트라가 목덜미를 할짝대서 자기도 모르게 이상한 소리를 내고 말았다.

“뭐, 뭐, 뭐 하는 거야?!”

“흡혈귀의 타액에는 마취와 비슷한 효과가 있거든요. 괜찮으니까 전부 테트라에게 맡기고 얌전히 있으세요.”

테트라는 매끈한 혀끝으로 목덜미의 약한 부분을 살살 쓰다듬었다.

그 감각이 간지럽고, 부끄러웠지만 묘하게 기분 좋았다.

게다가 그 행위에 집중했는지 어느샌가 테트라의 팔에 힘이 들어가서 시로를 껴안는 듯한 자세가 되었다.

“──으, ──읏!”

시로는 소리 없는 비명을 질렀다. 이런 건 한창 사춘기인 남자 고등학생에겐 너무나도 자극적이다.

하지만 몸을 움직이면 테트라가 “움직이지 마세요”라며

언짢은 목소리로 말해서, 이상한 소리가 나지 않도록 이를 악물고 참는 것밖에 하지 못했다.

그러는 사이에도 테트라는 목덜미를 계속 핥았다.

미끈하고 따뜻한 혀의 감촉. 할짝, 할짝 귓가에 들려오는 물기 섞인 소리에 이성이 점점 깎여나갔다.

"──으읏."

쾌감과 가려움이 섞인 듯한 감각.

게다가 안겨드는 테트라의 몸이 부드럽고, 좋은 냄새가 나서 정신이 나갈 것만 같았다.

그런데 계속 그러고 있으니 왠지 머리가 멍해졌다.

테트라가 할짝거리던 부분부터 저릿한 감각이 퍼져나갔다.

"후후. 기분 좋죠? 그대로 힘을 빼세요."

시로의 몸이 완전히 이완되자 테트라는 목덜미를 덥석 물었다.

"아……."

테트라의 이가 피부에 닿더니 안으로 쑥 들어가는 감각이 들었다. 통증은 거의 느껴지지 않았다.

그리고…… 테트라에게 물린 곳에서 조금씩 쾌감이 퍼져나갔다.

'뭐, 뭐야 이거……?!'

테트라는 쪽쪽 피를 빨기 시작했다.

머리가 멍해지고, 기분 좋았다.

테트라 또한 시로의 목덜미에 얼굴을 묻고 피를 빠는 데에 집중했다.

"음…… 하아…… 이건 뭐죠……. 이런 건 처음이에요."

귓가에 들려오는 테트라의 목소리가 왠지 녹아드는 듯이 달콤했다.

'……귀여워.'

멍한 머리로도 그런 생각이 들었다.

자신을 끌어안고 열심히 피를 빠는 테트라의 모습이 왠지 무척 귀여웠다.

시로는 자신도 모르게 손을 들어 그녀의 머리를 가볍게 쓰다듬고 말았다.

"음…… 시로?"

"앗, 미안."

이름이 불려 정신을 차렸다. 서둘러 손을 떼어놓았다. 하지만 예상과 다르게 테트라의 목소리는 부드러웠다.

"그거, 기분 좋아요……. 머리, 좀 더 쓰다듬어 주세요."

"더?"

예상외의 반응에 시로는 눈을 끔뻑였다.

테트라는 개의치 않고 흡혈을 재개했다.

"……맛있어?"

"음, 에헤헤…… 맛있어요……."

감상을 물으니 기쁜 목소리로 대답해 줬다. 날개가 파닥여서 귀여웠다.

조금 전 새침했던 인상은 사라지고, 흐물흐물하게 녹아버린 듯한 달콤한 목소리.

그런 달콤한 목소리가 귓가에서 속삭여서 심장 고동이 빨라졌다. 그리고 요청대로 테트라의 머리를 계속 쓰다듬었다.

예쁜 머리카락이 망가지지 않도록 조심스럽게.

부드러운 머리카락 감촉이 기분 좋았다.

"에헤―♪"

시로의 쓰다듬는 손길이 마음에 들었는지 테트라는 기분 좋은 소리를 내고는 응석 부리듯이 시로의 볼에 자신의 볼을 비비적댔다.

테트라의 볼이 말랑말랑하고, 매끈매끈하고. 그런 동작도 귀여워서.

'이 귀여운 생명체는 뭐지?!'

……솔직히 꿈 같은 시간이었다.

조금 전까지 새침하던 테트라가 이렇게 응석을 부린다. 사춘기 소년에게 이 정도의 행복이 또 있을까.

다만 그와 동시에―― 사춘기 소년으로서, 조금 감당하기 어려워지고 있었다.

귓가에 들려오는 테트라의 숨소리. 목덜미에 달라붙은

테트라에게 피를 빨리는 쾌감.

거기에 꼴깍, 꼴깍 하며 테트라가 피를 삼킬 때마다 자기 피가 테트라의 뱃속에 들어간다는 사실을 의식하니, 말로 표현하기 어려운 배덕감에 머리가 어질어질했다.

거기에 중요한 건 테트라가 자신을 꼭 끌어안고 있다는 사실. 불가피하게도 가슴이 꾹 닿아와서 그 부드러움이 느껴졌다.

시로도 건전한 남자 고등학생. 이 상황은 역시 조금, 여러 의미로 감당하기 어려웠다.

"테트라? 이제 슬슬……."

"……."

테트라는 대답이 없었다. 시로의 피를 마시는 행위에 열중하고 있었다.

"테트라? 저기요?"

"후아……?"

조금 큰 목소리로 부르자 드디어 테트라가 고개를 떨어트렸다. ……그 표정을 보고 다시 심장이 쿵쿵 뛰는 것을 느꼈다.

테트라는 완전히 황홀해진 표정이었다.

처음 만났을 땐 주변의 모든 것을 경계하는 길고양이 같았는데, 지금은 흐물흐물하게 힘이 빠진 채로 젖은 눈동자로 시로를 바라보고 있다.

"싫어요. 좀 더 시로 거, 주세요…….."

이성이 깎여나가는 것이 느껴졌다. 하지만 어떻게든 참 아냈다.

"차, 착한 아이는 여기서 그만! 응?"

"우우……."

테트라는 불만을 표출했지만, 얌전히 떨어졌다. 곧바로 시로의 옆에 폭 앉았다.

안심한 것도 잠시. 테트라는 시로의 어깨에 머리를 비비 적댔다. 마치 연인 같은 거리감에 가슴이 크게 뛰는 것을 느꼈다.

"왜 그래요, 시로? 그렇게 굳어서는."

"……흡혈귀는 피를 마시면 다들 그렇게 취해?"

"무슨 소리를 하시는 거죠? 테트라는 딱히 취하지 않았 다냐~♡"

웃는 얼굴로 그렇게 말하며 고양이 포즈를 취하는 테트 라. 역시 만취 상태였다.

"우으~, 그보다도 말이에요. 저기, 시로?"

거기까지 말하고 갑자기 테트라의 목소리 톤이 낮아졌다.

"테트라가, 민폐를 끼쳤나요?"

"응?"

갑자기 가라앉은 목소리에 시로는 당황하며 테트라를 바라봤다. 자신을 올려다보는 테트라는 젖은 눈동자로 불

© Kani Biimu

안한 듯이 시로를 보고 있다.

"테트라는 고집이 세고 솔직하지 못해요. 오늘도, 시로한테 많은 실례를 저질렀어요. ……실은, 싫었던 게 아닌가요? 민폐를, 끼치진 않았나요?"

"그렇지 않아!"

시로는 강하게 부정했다. 뜻밖의 강한 부정에 테트라는 눈을 깜빡였다.

"……나는 시골 출신이라서, 반짝거리는 청춘을 동경하면서 이 도시로 왔거든. 그런데 예상과 전혀 달라서, 청춘다운 일도 못 했어. 그런데 테트라와 같이 있던 시간은 반짝였어. 뭐라고 말해야 할지 모르겠지만, 엄청 즐거웠어. 그러니까 민폐라거나, 그런 쓸쓸한 말은 하지 마."

서툴지만 열심히 설명하는 시로의 말을, 테트라는 끝까지 들어줬다.

그리고 시로의 말이 끝나자, 기쁜 듯이 헤실헤실 웃음을 지었다.

"후후…… 에헤, 에헤헤…… ♪ 기뻐요. 있죠, 시로? 테트라는 말이에요? 실은, 매우 감사하고 있다고요?"

"그래?"

"그럼요♪ 테트라가 겁먹었을 때 시로가 지켜주겠다고 해서, 실은 엄청 든든했어요. 그리고 그런 식으로 애니메이션이나 동물 이야기를 하는 것도 즐거워서, 친구가 생긴 것 같아서 기뻤어요.”

그렇게 말하며 테트라는 활짝 핀 꽃처럼 웃었다.

“그러니까…… 고마웠어요, 시로♡”

——이건 반칙 아닌가!

테트라처럼 귀여운 여자아이가 바로 옆에서 이렇게 웃으면, 남자 고등학생은 두근거릴 수밖에.

가슴이 설레고 심장이 쿵쿵 뛰어서 괴로웠다. 그런데도 행복했고, 계속 이렇게 있고 싶다는 생각이 드는 게 신기했다.

그런 시로를 보고 테트라는 연타를 가했다.

“에헤헤, 꼬옥~♡”

“잠깐?!”

테트라가 팔을 껴안은 것이다.

부드러운 두 개의 감각이, 이번엔 팔을 감싸듯이 닿아왔다. 팔에 느껴지는 부드러움과 따뜻함에 시로는 소리 없는 비명을 질렀다.

“웅…… 왜 그래요? 시로?”

“아, 아니, 그게, 테트라. 다, 닿았, 는데…….”

“닿았다고요?”

테트라는 어리둥절한 표정으로 자신의 가슴팍을 봤다.

그리고 시로의 팔에 닿은 자기 가슴과, 붉어진 시로의 얼굴을 번갈아 보고…… 씨익 하며 장난스러운 웃음을 지었다.

“닿았다니, 뭐가요?”

“그러니까…… 테트라의 가, 가슴이…….”

“왜 가슴이 닿으면 안 되나요?”

“그야 부끄러우니까……!”

“남자아이는 이렇게 여자아이의 가슴이 닿으면 기뻐하 잖아요?”

“아니라고 할 수는 없지만!”

시로의 반응에 테트라는 재밌다는 듯이 깔깔 웃었다.

“저기, 시로? ……조금 만져볼래요?”

“만지다니?!”

“자, 여기요. 이거, 엄청 부드럽거든요.”

“으윽, 안 돼! 그, 그런 건 좋지 않다고!”

“그런 것 치고는 시로, 아까부터 계속 테트라의 가슴을 힐끔거리던데…….”

“그건…… 죄송합니다!”

테트라는 장난스럽게 쿡쿡 웃더니 시로의 귓가에 입술 을 가져다 댔다.

“시로, 변태.”

귀를 간지럽히는 듯한 속삭임에 시로는 귀까지 새빨개 지고 말았다.

……그런데 그때, 갑자기 테트라의 몸에서 힘이 축 빠져

나갔다.

"테트라?"

옆을 보니 테트라는 마치 방전이라도 된 듯이 새근새근 평온한 숨소리를 내며 잠들어 있었다. 솔직히 안심했다. 그 이상 했으면 조금 위험했다.

테트라의 팔을 풀고 침대에 눕혔다. 제법 깊은 잠에 빠졌는지 전혀 눈을 뜰 기미가 보이지 않았다.

여하튼 이것으로 일단락……이라고 생각한 순간.

"우음…….."

"?!"

테트라가 몸을 뒤척인 탓에 치마가 올라갔다.

매끈한 허벅지가 드러나고 말았다. 조금만 더 움직이면 봐서는 안 될 부분까지 보게 될 것 같았다.

자기도 모르게 꿀꺽 침을 삼켰다.

'아니, 이건 안 되지!'

시로는 머릿속으로 자신의 얼굴을 때렸다.

하지만 편안하게 새근새근 잠든 테트라는 너무나도 무방비하고, 귀여워서…….

시로는 조심스럽게 테트라에게 이불을 덮었다. 그리고 침대 옆에서 무릎을 끌어안고 앉아 마음을 가다듬으며 테트라가 일어나기를 기다렸다.

시로는 침대 옆에서 무릎을 끌어안은 채로 테트라가 일어나기를 기다리기로 했다. ……하지만 그것도 상당한 고행이었다.

새액, 새액 하는 테트라의 숨소리가 들리는 것만으로도 두근거렸고, 순진하게 잠든 얼굴을 보면 가슴이 뛰었다.

기분을 전환하기 위해 TV를 켰더니 갑자기 성인 방송이 시작되어서 서둘러 껐다.

시로는 다시 시계를 봤다.

이미 상당히 늦은 시간이다. 역시 여자아이와 이대로 러브호텔에서 일박하는 건 곤란하다.

테트라가 너무나도 기분 좋게 자고 있었기에 깨우기가 망설여졌지만, 깨우지 않을 수도 없다.

"테트라. 슬슬 일어나자."

"……."

말을 걸어봐도 반응이 없다.

"테트라, 테트라~."

여자아이를 건들기 조금 망설여졌지만, 어깨를 잡고 가볍게 흔들어 봤다.

그러자 테트라는 잠이 안 깬 듯이 얼굴을 찌푸리더니……시로의 팔을 붙잡았다. 그리고 그대로 팔을 잡아당겼다.

"어엇?"

갑작스러운 일에 시로는 손쉽게 몸의 균형이 흐트러졌다. 그대로 이불 속으로 끌려 들어가고 말았다.

'아니, 무슨 여자애가 힘이 이렇게 세?!'

저항해 봤지만 꿈쩍도 하지 않는다. 그리고 그런 시로를, 테트라는 자신의 가슴팍에 꼭 끌어안았다.

"우읍?!"

"음…… 에헤헤……♡"

좋은 꿈을 꾸고 있는 건지, 테트라는 기쁜 듯이 시로의 머리에 뺨을 비비적댔다.

"푸하! 테트라, 잠깐!"

"……음~♪"

테트라는 행복한 웃음을 짓더니 시로를 더욱 세게 끌어안았다.

테트라의 부드러운 부분이 자꾸만 닿았고, 좋은 냄새가 나고, "쌕…… 쌕……" 하는 평온한 숨소리조차 자극적이었다.

도망치고 싶은데 완전히 몸이 붙잡혀서 그럴 수가 없었다. 그뿐만 아니라 시로가 버둥거리면 "으음……" 하며 불만스러운 소리를 내고는 끌어안은 팔에 힘을 더욱 줬다.

"테트라! 테트라―!"

참지 못하고 큰 소리로 불렀다. 그러자 테트라는 불만스러운 소리를 내더니 천천히 눈을 떴다.

"우으…… 뭔가요오. 모처럼 기분 좋게 잠들었는데……?"

테트라는 졸린 듯이 눈을 비비며 자기 가슴에 얼굴을 파묻고 있는 시로를 봤다. 시선이 마주치자, 테트라의 눈이 크게 떠졌다.

"…………잘 잤어?"

"꺄아아아아아아?!"

"크헙?!"

테트라는 비명을 지르고 있는 힘껏 시로를 발로 차 버렸다. 시로는 얼빠진 비명을 지르며 침대에서 굴러떨어졌다.

"왜, 왜, 왜, 왜 인간이 테트라의 침대에 있는 거죠?! 괴한인가요? 침입자인가요?! 메루! 도와줘! ……어라? 여기, 테트라의 침실이 아니잖아요?!"

테트라는 잠시 주변을 두리번거리고 무슨 일이 있었는지를 떠올렸는지 "아" 하고 작은 소리를 냈다. 그리고 조심스럽게 아까 침대에서 발로 차 떨어트린 시로를 내려다봤다.

"시, 시로? 살아있나요?"

"일단은……."

일어서서 침대로 기어 올라가자, 테트라는 안심한 듯 한숨을 쉬었다.

"어느샌가 잠이 들었군요."

테트라는 사랑스럽게 하품하더니 그렇게 말했다. 하지만

정신을 차리고는 자기 어깨를 감싸고 시로를 노려봤다.

"너, 너는 왜 테트라와 함께 자고 있었던 거죠?! 서, 설마 잠든 테트라에게 몹쓸 짓을……?!"

"테트라가 나를 잡아끌었잖아……."

시로는 필사적으로 사정을 설명했다.

"으음……. 뭐, 확실히 네게 그런 배짱이 있을 것 같진 않아요. 믿어 드리죠."

다행이라고 해야 하나, 테트라는 꽤 쉽게 믿어 줬다. ……이유가 '시로에게 그럴 배짱이 있을 것 같지 않다'라는 점은 남자로서 조금 심란했지만.

한편 테트라는 왠지 기분이 좋은 듯했고, 날개도 기쁜 듯이 파닥거렸다.

"후후. 조금 기억은 흐릿하지만, 엄청 맛있어서 행복했던 건 기억 나요. 시로는 당당해져도 좋다구요? 너는 테트라도 인정하는 '피가 엄청나게 맛있는 인간'이에요."

"……고마워?"

"반응이 싱겁네요. 테트라가 칭찬해 줄 테니까 좀 더 영광스럽게 생각하라고요. 흡혈귀에게 피가 맛있는 인간은 보석이나 황금 이상의 가치가 있다고요."

"그렇게 말해도 내 피 맛이 어떤지 나는 잘 모르니까."

"후음. 뭐, 됐어요. ……으음~ 오랜만에 맛있는 피로 배를 잔뜩 채워서인지 몸 상태가 좋아요."

테트라는 기분 좋은 듯이 말하고는 양팔을 들고 기지개를 켰다.

몸을 젖혔을 때 가슴 굴곡이 강조되어서 시로는 바로 시선을 돌렸다.

"맞다, 시로. 뭔가 테트라에게 바라는 게 있나요?"

"바라는 거라니?"

눈을 끔뻑거리는 시로를 보고, 테트라는 "흐흥" 하며 팔짱을 끼며 가슴을 폈다.

"그만큼 맛있는 피를 받았으니, 귀족으로서 보답하지 않을 수 없죠. '가치 있는 것에는 상응하는 대가를'. 발프레아 가문의 가훈이에요."

"그렇구나."

"정말, 그러니까 반응 싱겁다고요. 됐으니까, 소원을 말해 보세요. 테트라가 할 수 있는 거라면 뭐든 들어드릴게요."

"뭐든지……?"

"……앗?! 뭐, 뭐든 들어드린다고는 했지만, 엉큼한 짓은 안 돼요!"

"나는 아직 아무 말도 안 했는데!"

"앗! 지금 좀 동요했죠?! 분명 몰래 생각한 거죠?! 시로 바보! 짐승!"

"죄송합니다?!"

그렇게 떠들썩 대화를 나누고 있자 시끄러워서 눈이 떠졌는지 케이지 안의 고양이가 냐아— 하며 울기 시작했다.

"음? 왜 그러죠?"

"자기와도 놀아달래. 우리가 대화하는 게 노는 건 줄 알았나 봐."

"자연스럽게 고양이 언어를 통역하네요……."

테트라는 쓴웃음을 지으면서도 고양이를 케이지에서 꺼내 머리를 쓰다듬었다. 그러자 고양이는 눈을 가늘게 뜨며 테트라의 손길을 만끽했다.

"후후. 귀여워요."

"이제 완전히 마음을 연 모양이네. ……그러고 보니 이 아이, 이름은 어떻게 할 거야?"

"이름이요?"

"응. 앞으로 키울 거니까 정해둬야지."

"으음, 그럼 시로. 네가 정해도 좋아요. 여러모로 신세도 졌고, 이 아이의 대부가 되는 걸 허락할게요."

"내가? 그러면…… 쿠로?"

"검은 고양이라 쿠로인가요? 단순하네요……. 아니, 시로와 쿠로……. 후후. 이건 이것대로 좋을지도요."

테트라는 쿡쿡 웃더니 고양이, 쿠로에게 미소를 지었다.

"그럼 쿠로. 오늘부터 너는 쿠로예요."

테트라가 그렇게 말하자 쿠로는 어쩐지 기쁜 듯이 "냐—"
하고 대답했다.

그 후에도 두 사람은 사소한 대화를 이어 나갔다.

이세계의 이야기나, 시로의 본가 이야기 등.

여자아이가 재밌어할 만한 화제를 모르는 시로지만, 테
트라에게는 이 세계의 이야기라면 뭐든 신기한 듯, 무슨
이야기든 흥미를 보이며 들어 줬다.

'……행복하다.'

둘이 대화하는 것이 즐거워서 시간이 빠르게 지나갔다.

조금 기묘한 만남이었지만, 그야말로 시로가 꿈꾸던 반
짝거리는 청춘이기도 했다.

하지만 이렇게 계속 이야기만 나누고 있을 수는 없다.

날이 바뀌기 전에 호텔을 나가서 두 사람이 만난 곳까지
배웅해야 한다. 실은 집까지 배웅해 주고 싶었지만 그건
넌지시 거절당했다.

"그럼 테트라는 여기서 이만. ……뭐, 여러모로 신세를
졌어요."

"나도. 즐거웠어."

시로의 말에 테트라는 입을 우물거렸다. 뭔가 말하고 싶
은 듯, 흘끔거리며 시로에게 시선을 보냈다.

"테트라?"

"……딱히, 아무것도 아니에요. 인연이 있다면 다시 만나죠."

시로는 그 말에 말문이 막혔다. 테트라의 말대로, 이대로 헤어지면 인연이 닿지 않는 이상 만나지 못한다.

그 생각에 도달한 시로는 충동적으로 테트라의 손을 잡았다.

"잠깐!"

"……뭔가요?"

"나, 아직 이곳에 온 지 얼마 안 돼서 아는 사람이 얼마 없거든. 그런데 오늘 테트라랑 같이 있는 동안은 계속 즐거웠어. 그러니까……."

거기까지 말한 시로는 깊이 머리를 숙였다.

"나, 나와 친구가 되어주세요!!"

시로가 말하는 것을 듣고, 테트라는 마치 그 말을 기다리고 있었다는 듯이 표정이 단숨에 밝아졌다.

하지만 시로가 조심스럽게 고개를 들어 테트라를 보자 곧바로 퉁명스러운 태도를 보이며 고개를 휙 돌렸다.

"테트라?"

"흐, 흥. 인간이 테트라와 친구가 되고 싶다니, 분수를 모르는 데에도 정도가 있어요."

"그런가……. 미안해. 이상한 소리 해서……."

"앗?! 자, 잠깐! 말은 끝까지 들어야죠!"

테트라는 서둘러 그렇게 말하더니 "크흠" 하고 헛기침 했다.

"그래도 말이죠. 테트라는 피를 마신 답례로 시로의 소 원을 들어주겠다고 했죠. 여기서 거절하는 건 발프레아 가 문의 체면에도 문제가 돼요."

그렇게 말하며 테트라는 얼굴을 붉히며 시로를 손가락 으로 가리켰다.

"어쩔 수 없으니 너를 테트라의 친구로 삼아 주겠어요! 피를 마신 답례라 어쩔 수 없었던 거예요! 영광스럽게 생 각하세요!"

"……고마워!"

활짝 웃으며 기쁜 듯이 감사 인사를 전하는 시로에게, 테트라는 "왠지 핀트가 어긋났네요……"라며 불만스럽게 중얼거렸다.

하지만 테트라의 등에 달린 날개는 기쁜 듯이 파닥거려 서, 시로와 친구가 된 것을 기뻐하는 마음을 숨길 수 없었 다. 시로는 그런 테트라가 너무 귀여워서 참을 수 없었다.

"그러면 괜찮으면 다음에 또 같이 놀래? 내가 최대한 테 트라의 일정에 맞춰 볼게."

"흐, 흥! 시로가 그렇게까지 말한다면 어쩔 수 없네요. 그럼……… 저……."

테트라는 손가락을 꿈질거리며 눈치를 보듯이 시로를

올려다봤다.

"……내일도 또 시로랑 놀고 싶기도…… 하고……."

"어? 내일도?"

또 놀자고 먼저 말한 건 시로지만 설마 테트라가 '내일도 놀고 싶다'라고 말할 줄은 상상도 못 했기에 자기도 모르게 되묻고 말았다.

그 반응에 테트라는 얼굴을 새빨갛게 물들였다.

"취, 취소! 지금 말은 취소예요! 없었던 거로 해요!"

"아니야, 괜찮아! 정말 괜찮아! 와아! 테트라와 내일도 놀 수 있다니 너무 기대된다!"

"뻔뻔한 사람이네요, 정말!"

그렇게 내일도 놀자고 약속한 뒤 테트라는 발걸음을 돌려 시로에게 등을 보였다.

떠날 때, 아주 작은 목소리로 "친구와 이런 거, 오랜만이에요"라고 중얼거리는 것이 들렸다.

이미 등을 돌린 채로 걷기 시작해서 표정은 보이지 않았지만, 등의 날개가 파닥거렸다.

"또 봐"라고 인사하며 손을 흔들자, 테트라는 뒤돌더니 부끄러운 표정을 지으면서도 손을 흔들어 인사해 줬다. 그런 사소한 행동이 기뻐서 참을 수 없었다.

✝

“하아…… 혼쭐이 났네요…….”

저택에 돌아온 테트라는 자신을 보살피는 메이드에게 제대로 붙잡히고 말았다.

몇 시간에 걸친 설교 끝에, 테트라는 비틀거리며 방으로 돌아와 침대에 쓰러졌다.

곧 아침 해가 뜰 시간. 흡혈귀는 잘 시간이다. ……그런데 전혀 졸리지 않았다.

‘시로의 피를 마신 후에 숙면했으니까요.’

다시 생각하면 몸이 뜨거워지는 것이 느껴졌다.

시로의 피가 매우 맛있어서, 맛있는 것뿐만 아니라 머리가 들떠서, 행복하고 기분이 좋아서 참을 수 없었다.

‘그렇게 기분 좋은 건…… 처음이었어요.’

자신의 검지를 살짝 물고 시로의 피를 빨았을 때를 떠올렸다.

시로의 피가 입안에 퍼지고, 위장으로 흘러 들어가는 감각을 머릿속으로 몇 번이나 되새겼다.

“음…….”

그렇게 하는 것만으로도 다시 몸에 열이 올랐다.

왠지 멍해져서, 몸이 민감해지는 듯한 기분이었다. 손가락을 무는 감촉이 기분 좋아서 그대로 몸을 웅크리고 시로를 떠올리며 몇 번이나, 몇 번이나…….

"……앗, 테트라는 뭘 하는 건가요?!"

자신이 상당히 변태스러운 행동을 하고 있다는 것을 깨닫고 테트라는 반사적으로 소리를 질렀다. 너무 부끄러워서, 베개에 얼굴을 묻고 주먹으로 팍팍 내려쳤다.

테트라의 그런 모습을 보고 놀이 중이라고 생각했는지 쿠로가 침대 위에 뛰어올라 "냐아?" 하며 울었다.

의아하다는 듯이 고개를 기울이는 쿠로의 머리를 쓰다듬자, 쿠로는 기분 좋은 얼굴로 눈을 감고 테트라의 손에 머리를 비비적댔다.

처음엔 손을 대는 것도 허락해 주지 않았는데, 시로가 중재해 주자 눈 깜짝할 새에 자신을 따르기 시작했다.

'뭐라고 해야 하나. 이상한 녀석이었어요. 시로는.'

고양이와 대화가 가능한 것도 그렇지만, 테트라에게도 시로는 신기한 인간이었다.

기본적으로 테트라는 인간이 불편했고, 근처에 인간이 있으면 긴장하며 경계하고 만다.

그런데 시로와 대화할 땐 어째서인지 그런 불편함이 들지 않았다. 오히려, 마치 오래된 친구와 노는 듯한 편안함까지 느끼고 말았다.

'무, 무슨 생각을 하는 거죠? 인간, 그것도 처음 만난 상대에게…… 아, 아니에요! 피를 받은 답례로 어쩔 수 없이

친구가 되어준 것뿐이니까요!’

테트라는 왠지 견디기 힘들어서 그대로 이불 속에 파고 들었다.

다음 날 밤, 시로는 큰 백팩을 메고 약속 장소에 도착했다. 시계를 보니 딱 약속 시간이었다.

평소엔 약속 30분 전에 미리 도착하는 시로지만, 오늘은 계획이 있어서 여러모로 준비하다 보니 아슬아슬하게 도착하고 말았다.

두리번거리며 주변을 둘러봤으나 테트라의 모습은 보이지 않았다.

혹시 마음이 바뀐 게 아닐까. 불안한 마음이 살짝 고개를 든 순간, "시로?" 하며 자신을 부르는 작은 목소리가 들려왔다.

목소리가 난 방향을 보니 테트라가 근처 공원의 구멍이 뚫린 돔형 놀이기구에서 고개를 내밀고 있었다. 아무래도 사람 눈을 피해 숨어 있었던 모양이다.

"테트라, 안녕."

"좋은 밤이에요. 그나저나 좀 더 빨리 다닐 수는 없나요? 혼자 기다리느라 상당히 불안했단 말이에요."

"미안! 준비할 게 좀 있어서."

그 말에 테트라는 시로가 멘 백팩에 시선을 보냈다.

"그 가방은 뭐죠? 놀러 가는 것치고는 짐이 너무 많은데요?"

"후후, 나도 좀 생각을 해 봤거든."

시로는 그렇게 말하며 백팩을 내려놓고 안에서 후드가 달린 파카와 바지를 꺼냈다.

"자, 이 옷으로 갈아입어."

누가 봐도 시로의 사복으로 보이는 옷에 테트라는 눈을 깜빡였다. 그리고 께름칙하다는 듯이 뒷걸음질을 쳤다.

"뭐죠? 설마 여자아이에게 자기 옷을 입히며 좋아하는 변태였나요?"

"그런 거 아니야. 그, 테트라는 사람들의 시선을 불편해하잖아? 그런데 시선을 피하기에는 그 차림은 너무 눈에 띄거든."

테트라는 10명이 지나가면 10명이 전부 돌아볼 정도의 은발 미소녀다. 게다가 등에는 흡혈귀의 날개가 달려 있다. 길가에서 이만큼 눈에 띄는 모습이 있을까.

그래서 시로는 집에서 눈에 띄지 않는 옷을 가져왔다.

그것을 설명하자 테트라는 반신반의하듯이 눈을 반쯤 뜨고 시로를 바라봤다.

"정말인가요? 말은 그렇게 하면서 실은 여자아이에게 자기 옷을 입히고 싶다는 욕망이 있는 건 아닌가요?"

"그런 거 아니라니까! 나는 그저 테트라랑 같이 즐겁게 놀고 싶을 뿐이야."

"……하아. 어쩔 수 없군요. 그 옷, 주세요."

테트라는 시로에게서 옷을 받았다.

"이 돔 안에서 갈아입을 테니까 누가 안 오는지 망을 봐 주세요."

"알겠어."

"엿보면 화낼 거예요."

"안 봐!"

시로가 놀이기구에서 등을 돌리고 서자 잠시 후, 스르륵하며 옷감이 스치는 소리가 들리기 시작했다.

그 소리가, 묘하게 요염했다.

"크흠……."

시로도 한창 사춘기에 들어선 남자 고등학생이다. 겨우 몇 미터 옆에서 테트라가 옷을 갈아입는다고 생각하면, 어쩔 수 없이 테트라가 갈아입는 모습을 떠올리고 만다.

게다가 아까는 그렇게 말했지만, 테트라의 몸을 감싸는 것은 자기 옷이다. 그것을 전혀 의식하지 않기는 어려웠다.

"시로?"

"미안?!"

돔 안에서 이름을 부르는 목소리가 들려와서 자기도 모르게 사과하고 말았다.

"왜 사과하죠?"

"아니, 아무것도 아니야……."

"뭐 됐어요. 그보다 이거 어떻게 입는 거죠?"

"그거, 등 부분에 날개를 꺼낼 구멍을 뚫어 놨으니까, 거기에 날개를 넣어. 그리고 가방도 보면 구멍이 있을 거야. 그걸 이용해서 날개를 감춰."

"흐흠…… 바지는 어떻게 하나요? 너무 커서 흘러내리는데요?"

"거기에 벨트도 같이 넣어 뒀어."

그렇게 잠시 기다리자, 후드가 달린 파카에 바지 차림이 된 테트라가 나왔다.

후드를 깊숙이 눌러쓰고 등의 날개는 백팩으로 감췄다. 이렇게 하면 흡혈귀란 사실은 쉽게 들키지 않겠지.

"우음…… 왠지 촌스럽지 않나요?"

"내가 보기에는 괜찮은데?"

세련된 복장의 테트라도 당연히 귀엽지만, 이런 차림도 친근한 느낌이 확 늘어나서 또 다른 매력이 느껴졌다.

게다가 테트라가 자기 옷을 입은 모습을 보니…… 역시 조금, 두근거리는 점이 있었다.

얼굴을 새빨갛게 물들인 시로를 보고 테트라는 수상쩍은 시선을 보냈다.

"……너, 역시 자기 옷을 테트라에게 입히고 흥분하는 거죠?"

"으윽. 그럴 의도는 없었는데, 솔직히 조금 두근거리네."

"……이런 건 보통 사실이라고 해도 부정하지 않나요?"

© Kani Biimu

테트라는 쿡쿡 웃었다.

"뭐, 인간이 약았다는 건 알고 있었어요. 흡혈귀 귀족으로서 관대한 마음으로 용서해 주죠."

"고, 고마워?"

그런 대화를 나눈 후, 테트라는 어제처럼 시로의 옷자락을 살짝 잡았다.

그것만으로도 긴장해서 굳어 버린 시로의 모습을 보고 재밌다는 듯이 쿡쿡 웃었다.

"대신, 오늘도 제대로 테트라를 에스코트하도록 하세요."

"물론이지!"

그렇게 두 사람은 밤거리로 나섰다.

계획대로라고 해야 하나, 테트라는 거리에서 크게 눈에 띄지 않았다.

시로의 옷은 약간 테트라에게는 큰 감이 있어서 후드를 눌러쓰면 눈가까지 가려졌고, 날개는 가방에 가려졌다. 바로 옆에서 자세히 관찰하지 않는 이상 흡혈귀란 사실은 들키지 않겠지.

테트라는 후드 아래로 거리를 구경했다.

"시로, 시로. 저건 뭔가요? 뭔가 소란스러운 소리가 나는데요."

"저건 게임 센터야."

"호오. 만화에서 본 적 있어요!"

눈에 띄지 않는 점만으로도 어느 정도 마음이 편해졌는지, 테트라는 가끔 즐거운 듯 웃기도 했다. 그게 왠지 매우 기뻤다.

"……후후."

"시로? 왜 갑자기 웃는 거죠?"

"아, 내가 살던 마을은 또래 여자아이가 없었거든. 그래서 이런 일상에 동경이 있었어."

시로의 말에 테트라는 잠시 침묵했다.

마치 옛 기억을 떠올리듯이 먼 곳을 응시했다.

"테트라?"

시로의 말에 테트라는 정신을 차렸다.

"흐, 흥. 요컨대 누가 됐든 여자아이랑 놀고 싶었단 말이네요. 역시 인간 수컷은 한심하다니까요."

"누구라도 좋은 건 아니야. 나는 테트라가 좋아서……."

"흐에?"

"아, 아니! 좋아한다는 건 친구로서 그렇단 거야! 그런 의미가 아니라!"

"그, 그 정도는 저도 알아요! 따, 딱히 착각한 적 없거든요! 친구라면 몰라도 인간과 연애하다니, 농담도 지나치죠!"

그렇게 말하며 테트라는 얼굴을 새빨갛게 물들이고 고개를 돌렸다.

하지만 조금 지나자, 테트라의 시선이 돌아왔다.

"……너는 테트라와 같이 있는 거, 즐겁나요?"

"응. 물론이지."

망설이지 않고 고개를 끄덕이는 시로에게, 테트라는 다시 얼굴을 붉히며 입을 우물거렸다.

"그러면…… 아, 앞으로도 놀아줄게요."

"응?"

"뭐, 뭐어. 너는 일단 친구니까요? 이래저래 신세도 졌고요? 네가 꼭 원한다면 앞으로도 테트라가 놀아줄 수도……."

"정말? 잘 부탁해, 테트라!"

"……너는 좀 더 생각하고 말하라고요."

테트라는 쓴웃음을 지었다. 하지만 그 얼굴은 어쩐지 기뻐 보였다.

그 후엔 거리를 이리저리 돌아다니고, 옷 가게에서 윈도쇼핑을 즐기고, 게임 센터에서 비명을 지르며 쫓아오는 좀비를 격퇴했다.

여자아이와 놀아 본 경험이 거의 없었기에 즐거워할지 불안했는데, 테트라는 모든 게 신기한지 즐거운 표정을 유지했다.

그렇게 당분간 돌아다닌 후, 두 사람은 휴식 겸 근처에 있는 카페로 발걸음을 옮겼다.

실내에 차분한 재즈 음악이 흐르는 세련된 가게였다.

시로는 긴장하면서 어떻게든 직원과 대화하며 안쪽 테이블로 안내받았다.

"흐음. 나쁘지 않네요."

테트라는 그렇게 말하면서도 처음 방문한 장소가 흥미진진한 모양이었다. 자리에 앉자 흥미로운 듯이 메뉴를 훑고 실내를 구경했다.

하지만 시로가 기쁜 눈으로 바라보는 것을 알아채고는 조금 부끄러운 듯이 볼을 붉혔다.

"왜 히죽거리는 거죠?"

"테트라가 즐기는 것 같아 기뻐서. ……솔직히 여자애를 잘 리드할 수 있을지 불안했거든."

"흐, 흥. 들뜨지 마세요. ……뭐, 옷으로 테트라가 흡혈귀인 걸 숨기는 아이디어는 나쁘지 않았고, 에스코트도 합격점이에요. 칭찬해 주겠어요."

"고마워. ……그러고 보니 별생각 없이 가게에 들어왔는데 괜찮아? 흡혈귀도 인간 음식 먹을 수 있어?"

"조금이라면 문제없어요. 영양분은 섭취할 게 없으니 그냥 맛만 즐기는 거지만요."

일단 테트라는 홍차를, 시로는 커피를 주문했다.

잠시 후 나온 홍차를 한 모금 마신 테트라는 눈을 깜빡이

고는 "흐, 흥. 인간도 제법이군요"라고 중얼거리며 맛있다
는 얼굴로 홍차를 마셨다.

그리고 커피를 마시는 시로에게 시선을 흘끔 보냈다.

"네가 마시는 검은 건…… 뭐죠?"

"이거? 커피라고 하는데, 테트라가 살던 세계엔 없어?"

"저는 처음 봤어요. ……괜찮으면 한 모금 마실 수 있을
까요? 홍차 맛을 보고 나니 커피에도 관심이 생겼어요."

"상관은 없는데, 애들한테는 좀 쓸걸? 설탕이나 우유를
잔뜩 넣어서 마시는 걸 추천할게."

"아이 취급하지 마세요. 네가 아무렇지 않게 마시는데
테트라가 못 마실 리가……."

그렇게 말하며 한 모금 마시더니…… 곧바로 테트라의
미간에 주름이 생겼다.

"써요……."

"그래서 내가 말했잖아."

"너는 왜 이런 걸 맛있다는 듯이 마시던 거죠? 입맛이
이상한 거 아닌가요?"

"본가에 있을 때, 할아버지가 몸에 좋다고 특제 녹즙을
매일 마시게 했거든. 내게 이 정도는 익숙해. 자, 이거 마
셔 봐."

시로는 커피에 설탕과 우유를 잔뜩 넣었다.

테트라는 조심스럽게 다시 커피를 한 모금 마셨다.

“……음. 이거라면 괜찮네요.”

그렇게 커피를 마시는 테트라를 바라보다…… 한 사실을 깨달았다.

‘이거, 간접 키스 아니야……?!’

지금까지 여성과 접할 기회가 그리 없었기에 거기까지 깨닫는 데에 시간이 걸리고 말았다.

“테, 테트라!”

“뭘 그리 당황하는 거죠?”

테트라가 커피를 마시며 물었다.

“그게, 저기! 그거! 가, 간접 키스……!”

“호에?”

테트라는 잠시 눈을 깜빡이더니…… 얼굴이 확 새빨개졌다.

조금 전까지 맛있게 마시던 커피를 피하듯이 얼굴을 떨어트렸다.

“벼, 별거 아닌데요? 테트라는 어른인데요? 인간이랑, 간접 키스한 것 정도는 전혀 신경 쓰이지 않는데요?”

말은 그렇게 하면서도 얼굴은 새빨갰고, 컵을 든 손이 동요로 덜덜 떨리고 있었다.

커피는 아직 반 정도 남아 있다.

“……이거 어떻게 하지?”

“그, 그냥 남겨도 되지 않을까요?”

"테트라, 그건 안 돼. 가게에서 주문한 걸 남기면 가게 사람들이랑 음식에 실례잖아."

"이런 상황에서도 그런 점은 이상하게 착실하군요."

하지만 이대로 테트라가 마시는 것도, 시로에게 돌려주는 것도 간접 키스를 계속하는 것이 된다.

"……테트라가 마저 마실래?"

"무, 무슨 소리를 하시는 거죠! 시로랑 더…… 가, 간접 키스를 하라니……."

"그러면 내가 마셔야겠네."

"──읏! 여, 역시 시로는 변태예요! 그렇게 말하면서 테트라와…… 가, 간접 키스를 하고 싶은 거죠?!"

"아니, 어쩔 수 없잖아……."

진퇴양난에 빠지고 말았다.

"으…… 으으……."

테트라는 작게 끙끙거리더니 약간 울먹거리며 결심한 듯이 커피를 단숨에 들이켰다.

"……."

"……."

그리고 잠시 침묵이 이어졌다. 얼굴이 뜨겁고, 심장이 쿵쿵 뛰었다.

"……미안해요. 잠시 이성을 잃었어요."

"나야말로, 왠지, 미안."

그렇게 다시 두 사람은 말이 없었다.

"크흠……. 괜찮으면 나중에 또 내 피, 마실래?"

"……왜 이야기가 그렇게 되죠?"

"그게…… 간접 키스…… 해 버린 건 어쩔 수 없으니까, 사과의 의미로……."

"시로. 그건 안 돼요."

테트라는 딱 잘라 말했다.

"자신을 쉽게 파는 건 좋지 않아요. 가치 있는 것에는 상응하는 대가가 필요하죠. 가, 간접 키스는 테트라의 부주의도 있었고, 그것 때문에 시로가 피를 내놓는 건 도리에 맞지 않아요."

"그러면 오늘 놀아준 보답도 겸해서……."

그렇게 말하자 테트라는 확연히 언짢은 얼굴로 시로를 노려봤다.

"시로. 테트라는 오늘 친구인 너와 논 거예요. 그건 대가로 할 수 없고, 받지도 않을 거예요. 또 그런 말을 하면 진짜로 화낼 거예요."

"……그렇구나. 미안."

"미안하다고 하면서 왜 히죽거리는 거죠?"

"테트라가 나를 친구로 생각해 주는 게 기뻐서."

"시, 시끄러워요."

테트라는 쑥스러운지 시선을 홱 돌렸다.

"그보다, 너는 좀 더 자신의 가치를 알 필요가 있어요. 네 피는 정말로, 흡혈귀 입장에선 탐나는 물건이라고요."

"그렇게 말해도 말이지……. 내 피가 그렇게 맛있다는 이야기를 들어도 나는 아무런 실감이 없어."

시로의 말에 테트라는 어쩔 수 없다는 듯 한숨을 쉬었다.

"뭐, 자신감이 너무 넘치는 것도 싫으니까, 그거로 됐어요. 그리고, 대가를 치를 땐 사양하지 않고 시로의 피를 받을 테니까요. 시로도 테트라에게 바라는 게 있으면 뭐든 말해 주세요."

"알겠어."

"……뭐든 말해달라곤 했지만, 엉큼한 짓은 안 돼요!"

"안 한대도."

거기까지 말하고 테트라는 다시 홍차를 마셨다. 그리고 표정을 느슨하게 풀었다.

"이 세계는 정말 풍요롭군요."

테트라는 중얼거리듯이 그렇게 말했다.

"풍요롭다라……. 테트라가 살던 세계는 어땠는데?"

"으음, 라이트 노벨 설정 속 중세 유럽과 비슷하다고 하면 알까요? 비슷한 느낌이에요. 성도 있고, 마을 밖에는 몬스터와 던전이 있고, 그걸 공략하는 모험가가 있는 세계죠."

"오, 엄청나다. 나도 그런 거 좋아하는데."

테트라의 이야기에 눈을 반짝이는 시로. 하지만 테트라

는 작게 한숨을 쉬었다.

"현실은 이야기처럼 녹록지 않아요. 마을은 더럽고, 치안은 나쁘고, 몬스터가 습격해서 마을이 궤멸하는 일도 심심치 않게 일어나죠. 그리고……."

거기까지 말한 테트라의 얼굴에 검은 그림자가 드리웠다.

"인간에게 붙잡혀서 팔려 갈 뻔한 적도 있고요."

"뭐?"

시로가 놀라서 테트라를 바라봤으나, 테트라는 작게 고개를 가로젓고 미소를 지었다.

"죄송해요. 놀러 나와서 할 이야기는 아니었네요. 잊어주세요."

"으음……."

"아— 정말! 그보다, 아직 밤은 기니까 가죠. 오늘은 잠 못 들게 해주겠어요."

그렇게 다시 거리를 돌아다니고…… 심야 배회로 경찰에게 한 소리 들을 뻔한 건 또 다른 이야기다.

그렇게 시로와 테트라는 골든 위크 동안 매일 밤 같이 놀았다.

둘이 다시 펫숍에 가고, 영화관과 애니메이션 숍을 구경하고.

　모든 게 엉성하고 실수도 있었지만, 그것까지 포함해서 무척이나 즐거웠다.
　그리고 눈 깜짝할 새에 시간이 지나 골든 위크도 끝을 맞이했다…….

　“~~♪ ~~~♪”

　테트라는 ‘마왕집사’의 1기 오프닝 곡을 흥얼거리며 책상 앞에 앉았다.

　깃펜으로 사각사각 적는 건, 인간 도시를 관찰한 보고서.

　인간과 흡혈귀의 교류 사업의 일환으로 일본에 거주 중인 테트라는 이렇게 인간 도시를 돌아다니고 그 경험을 보고하는 게 의무였다.

　얼마 전까지 테트라는 그 일이 너무 싫어서 항상 불만을 툴툴거리며 해치우고는 했다.

　하지만 지금은 어떠한가. 콧노래를 부르며 마치 즐거운 추억을 회상하듯이 보고서를 작성한다.

　“좋아. 오늘 업무는 끝이에요.”

　“수고하셨습니다. 아가씨.”

　그렇게 말하며 테트라를 칭찬하는 건 발프레아 가문에서 일하는 메이드, 메루였다.

　산뜻한 메이드복을 입은 푸른 머리카락을 지닌 여성으로, 체구가 아담한 테트라와 함께 있으면 마치 나이 차가 많이 나는 여동생을 돌보는 언니처럼 보이기도 했다.

　메루는 서류 등을 정리한 후, 기지개를 켜는 테트라에게 부드러운 미소를 지어 보였다.

"요즘 기분이 좋아 보이시네요. 전에는 그렇게 싫어하던 인간 동네 시찰도 매일 나가시고요. 뭔가 생각이 변하는 계기라도 있으셨나요?"

메루의 말에 테트라는 볼을 붉히고 고개를 홱 돌렸다.

"따, 딱히? 테트라도 이제 15세고, 발프레아 가문의 일원으로서 제대로 해야겠다고 생각한 것뿐이에요."

"어머나, 훌륭하시네요. 저도 아가씨의 시중 겸 교육 담당으로서 자랑스러워요."

메루는 그렇게 말하며 싱긋 웃었다.

실제로, 얼마 전까지 테트라의 상태는 상당히 불안하게 느껴졌다.

──테트라가 속한 발프레아 가문은 흡혈귀 귀족 중에서도 3대 귀족이라 불리는 유력한 가문이었다.

이세계에서 인간에게 박해받던 흡혈귀는, 지금도 인간에게 불신을 품는 자가 많다.

그런 동포들에게, 귀족 계급의 흡혈귀가 적극적으로 인간과 접하는 모습을 보여주고자 시작한 것이 인간과의 교류 사업이었다.

발프레아 가문에선 막내고, 지금까지 정치와는 연이 없는 생활을 하던 테트라가 대표로 파견되었다……만, 테트라는 매우 인간을 불신했고, 불만이 넘쳤고, 조금만 다그

쳐도 가출하곤 했다.

그런데 요즘은 매일 스스로 인간 동네를 시찰하러 가겠다 나서고, 이렇게 보고서도 척척 쓰는 중이다.

그런 테트라의 성장을 보고 메루는 감개무량해졌다.

딱 하나. 자신이 동행하는 것만큼은 완고하게 거부하는 것이 조금 쓸쓸했지만, 흡혈귀는 밤에 강하다. 일본은 치안이 좋은 나라라고 들었고, 호위로 걱정할 일은 없겠지. ……인간과 트러블을 일으키지 않을까 하는 점은 걱정스러웠지만.

그때, 방에 있는 낡은 시계가 뎅—, 뎅— 소리를 내며 날이 바뀐 것을 알렸다.

"날이 바뀌었네요. 아가씨. 슬슬 식사하시겠어요?"

——흡혈귀의 식사는 기본적으로 하루 한 끼. 개인차는 있겠지만 테트라는 항상 날이 바뀌는 시간에 식사한다. 하지만 테트라는 싫다는 듯이 얼굴을 찌푸렸다.

그런 테트라를 보고 메루도 작게 한숨을 쉬었다.

"아가씨. 언제까지고 좋은 대로 지내다간 훌륭한 흡혈귀가 될 수 없어요. 애초에 지금은 매일 식사가 가능한 것만으로도 감사한 상황이잖아요."

"나도 알아요. 알겠으니까, 오늘의 식사 가져와 주세요."

그 말을 듣고 메루는 방을 나갔다가 잠시 후 돌아왔다.

그 손에 들린 건 하얀 접시에 놓인 수혈 팩이었다. 테이블에 놓인 접시를 보고 테트라는 다시 얼굴을 찌푸렸다.

"……잘 먹겠습니다."

캡을 열고 입구에 입을 대고 쪽 한 모금. ……테트라는 바로 미간을 찌푸렸다.

"……잘 먹었습니다."

"아가씨. 한 모금밖에 안 마셨잖아요."

메루의 말에 테트라는 볼을 부풀렸다.

"그런데 이 피, 완전 맛없어요."

"아가씨는 입맛이 너무 까다로워요. 그리고 이 나라는 스트레스 사회라고 불린대요. 이세계처럼 인간을 흡혈용 가축으로 기를 수도 없고요."

"그래도 피가 맛있어지도록 조금은 자기관리를 했으면 좋겠어요. 이 피, 분명 1주 이내에 마늘을 먹은 비처녀의 피예요. 테트라의 식사라면 적어도 1개월은 마늘을 끊은 젊은 처녀의 피로 준비해 달라고요."

"네에, 네. 아마 어렵겠지만 일단 요청 사항은 전달해 둘게요."

"애초에 헌혈이란 거로 모은 피라는 게 좋지 않아요. 역시 흡혈귀답게 인간에게 직접 어금니를 박아 넣고 신선한 피를 마음껏 마시고 싶다고요."

"그건 안 되죠. 그런 짓을 하면 상해죄란 죄목으로 감옥에 갇히고 말 거예요. 그러지 않더라도 저희 입장은 여러

모로 복잡하니까요. 이쪽 세계에서도 '흡혈귀는 인간의 적'
이라는 소문이 나서 쫓겨 다니고 싶진 않으시죠?"

"그건 알지만요…… 칫."

테트라는 부루퉁한 채로 입을 닫았다.

그런 테트라를, 메루는 내심 걱정하며 바라봤다. 아까는
입장이 있어서 그렇게 말했지만, 테트라의 식사량은 조금
걱정될 수준이다.

몇백 년…… 상황에 따라서는 천 년 이상의 수명을 자랑
하는 흡혈귀지만, 얼마나 건강히 장수할 수 있을지는 평소
에 마시는 피의 질에 따라 상당히 좌우된다.

시중 담당인 메루 역시 테트라가 매일 맛있는 피를 배부
르게 마시길 바란다.

그런 생각을 하다가, 메루는 문득 묘안이 떠오른 듯이
짝 손뼉을 쳤다.

"맞다. 그러면 피를 내어줄 만한 인간 친구를 만들어 보
면 어떨까요?"

"어?"

"친구에게 허락받는다면 직접 흡혈해도 문제가 생기지
않을 테고, 이 도시에는 인간이 잔뜩 있으니까요. 어쩌면
아가씨의 입에 맞는 인간이 있을지도 모르잖아요?"

"……그건, 뭐, 맞는 말이지만."

테트라의 반응에 메루는 '흐음?' 하며 눈을 깜빡였다. 말

은 그렇게 했지만, 테트라라면 '테트라의 입에 맞는 인간은 좀처럼 찾기 어려울 거예요!'라고 대답할 줄 알았다.

여하튼 이건 기회라고 생각하며 메루는 말을 이어 나갔다.

"어떤가요? 뭐하면 제가 인간과의 교류의 장을 마련할 테니 친구를 만들어 보시겠어요? 친구가 생기면 분명 재밌을 거예요. 그리고…… 후후. 어쩌면 친구뿐만 아니라 운명의 남성을 만날 수 있을지도 모르죠."

그 말에 테트라는 갑자기 볼을 붉혔다.

"이, 이상한 소리 하지 마세요! 친구라면 몰라도 인간과 흡혈귀가 연인 관계가 될 리가 없잖아요!"

"아뇨. 연애란 건 정해진 법칙이 있는 게 아니니까요. 어쩌면 아가씨에게도 인간과 이어지는 미래가 기다리고 있을지도 모른다고요?"

"그, 그럴 리 없어요! 누가 그런 녀석이랑……."

"……그런 녀석?"

메루가 눈을 깜빡였다. 테트라는 자신의 실언을 깨달았지만 이미 늦었다.

"아가씨? 혹시…… 인간 친구가 있나요?"

메루가 기대에 찬 눈으로 대답을 재촉하자, 테트라는 볼을 붉히고 시선을 피하면서 대답했다.

"……가출했을 때, 아카츠키 시로라는 인간이랑, 뭐, 친구 같은 관계가 됐다고 해야 하나……."

"어머……!"

메루는 기쁜 듯이 얼굴이 밝아졌다.

하지만 테트라는 메루의 표정을 보고 새빨간 얼굴로 부정했다.

"따, 딱히 깊은 뜻은 없어요! 그저 쿠로를 주웠을 때 조금 신세를 져서 친구가 되어준 것뿐이지, 그 이상도, 그 이하도 아니에요!".

테트라는 그렇게 말하며 고개를 홱 돌렸다.

그런 테트라를 흐뭇하게 바라보며 메루는 쿡쿡 웃음을 흘렸다.

아기 때부터 그녀의 시중을 드는 메루에게, 테트라는 동생이나 딸과 같은 존재였다.

그런 테트라에게 인간 친구가 생겼다니, 왠지 기쁜 마음이 들었다.

"아, 그러고 보니 아가씨. 이 며칠간 외출하셨을 때 영수증은 받아 두셨나요? 나중에 경비로 계산할게요."

"……저쪽 선반에 뒀어요."

테트라가 가리킨 선반을 보니 영수증이 한데에 모여 있었다.

메루는 그 영수증을 집어 들었다. 영수증에는 최근 며칠간 테트라가 놀았던 곳이 적혀 있었다.

영화관이나 게임 센터 등, 인간 동네의 레저 시설 영수증을 보고 '여기서 친구와 놀았군요'라며 머릿속으로 테트라가 즐겁게 인간 남성과 노는 광경을 상상했다.

'언젠가 한 번 인사를 나누고 싶네요…… 음?'

메루는 영수증 한 장을 집어 들었다.

[호텔 뱀파이어 휴식 5,980엔]

──굳어 버렸다.

바로 품에서 스마트폰을 꺼내 들어 '호텔 뱀파이어'를 검색…… 의심할 것도 없이 러브호텔이다.

"저, 저기, 아가씨?"

목소리가 이상해지지 않도록 간신히 참으면서 테트라를 바라봤다.

"음? 왜요?"

"죄, 죄송합니다. 그게, 저…… 이 '호텔 뱀파이어'는……
누, 누군가와 함께 들어가신 건가요?"

"호텔? 아, 그 성 같은 숙소 말이죠? 네. 시로랑 같이 들어갔어요."

"그게…… 설마…… 해, 해 버렸나요?!(야한 짓을)"

"네. 했는데요?(흡혈을)"

테트라의 대답에 메루는 뇌가 파괴되는 듯한 충격을 받았다.

"해, 했다니…… 그, 어디까지……?"

"어디까지라니, 그야…… 끝까지 했죠."

"어, 어떻게 그럴 수가! 서, 설마 억지로……?"

"음. 억지로 한 거 아니에요. 제대로 동의했어요!"

거기까지 말하고 테트라는 얼굴을 붉게 물들이며 시선을 피했다.

"시로…… 대단했어요."

그 대답에 메루는 뇌가 완전히 박살 나 버렸다.

"……어라? 메루? 왜 그래요? 얼굴이 새파란데요."

"아뇨…… 아무것도…… 아니에요……."

메루는 그렇게만 말하고 비틀거리는 발걸음으로 방을 나갔다.

방으로 돌아온 메루는 다시 영수증으로 시선을 내렸다.

러브호텔 영수증. 날짜는 테트라가 가출한 날이다.

즉, 그 아카츠키 시로라는 인간은 처음 만난 날에 테트라를 러브호텔에 데려갔다는 뜻이다.

메루의 머릿속에는 귀하디귀하게 키워온 테트라가 듣도 보도 못한 인간 남성에게 이런저런 짓을 당하는 광경이 반복되어 펼쳐졌다.

"후후. 우후후후……."

──테트라에게 인간 친구가 생긴 것은 대환영이다. 만일 그 인간과 연인 관계로 발전하더라도 테트라가 행복하다면 진심으로 응원했겠지.

──하지만, 처음 만난 날에 사랑하는 주인을 호텔에 데

려가는 왈패라면 이야기가 달라진다.

　분명 세상 물정 모르는 테트라를 말로 꾀어내서 가지고 논 게 틀림없다.

　"아카츠키…… 시로."

　메루는 천천히 원수의 이름을 되뇌었다.

　"……으깨 버리겠어."

골든 위크 다음 날 학교. 쉬는 시간.

"아카츠키 군? 이보세요~."

"어? 아, 스기사키?"

"'스기사키?'가 아니라. 왜 아침부터 멍한 거야?"

교실에서 시로를 부른 건 앞자리의 스기사키. 자리가 가까워서 말을 트게 된 같은 반 여자아이다.

물론 스기사키는 누구에게든 싹싹하게 말을 거는 타입이라, 시로도 그녀의 많은 대화 상대 중 한 명일 뿐이지만.

"아카츠키 군은 골든 위크에 놀러 간 데 있어?"

"아니. 그냥 근처에서 친구랑 놀았어. 스기사키는?"

"나도 비슷했지. ⋯⋯가능하면 멋있는 남자친구라도 만들어서 여행 가고 싶었는데 말이야~."

"스기사키는 인기 많아 보이는데. 귀엽잖아."

"아카츠키 군은 진짜 직설적으로 말하는구나? 아니면 혹시 나한테 마음이 있다거나? 어쩌면 좋지~."

"아, 아니야! 나는 그냥 생각을 그대로 말한 것뿐이야!"

허둥대는 시로를 보고 스기사키는 깔깔 웃었다. ⋯⋯그때, 스기사키는 무언가를 발견하고 눈을 깜빡였다. 그리고 은근한 웃음을 지었다.

"뭐야아, 아카츠키 군~? 혹시 골든 위크 동안 어른의 계단을 오른 거야~?"

"무슨 소리야?"

"목덜미에 키스 마크 있는데?"

"뭣?!"

시로의 얼굴이 순식간에 새빨개졌다. 이건 이전에 테트라가 흡혈한 흔적이다.

"아니야! 이건…… 그거야! 벌레 물렸어! 결코 그런 게 아니야!"

"그야 그렇겠지. 그냥 농담이야. 너무 놀라는 거 아니니?"

생각보다 과한 반응을 보이는 시로를 보고 스기사키는 쓴웃음을 지었다.

시로는 조금 얼굴을 붉히면서 목덜미를 어루만졌다.

요즘 시로의 머릿속은 테트라로 가득했다.

처음 만났을 때의 새침하던 얼굴. 고양이를 만지며 기뻐하던 웃는 얼굴. 인파를 마주하고 불안해 보이던 얼굴. 피를 빨았을 때의 황홀해하던 얼굴. 함께 놀 때 즐거워 보이던 얼굴.

가슴이 뛰었다. 떠올리는 것만으로도 행복한 기분이 들었다.

'……이거 역시, 그런 감정인가…….'

시로는 솔직히 말해 연애에는 문외한이었다. 하지만 역시 자신이 테트라를 이성으로 의식한다는 점은 이해하고 있었다.

‘하지만…… 이런 마음이 민폐가 되는 게 아닐까…….’

이 며칠 동안 테트라에 관해서도 조금 이야기를 들었는데, 테트라는 귀족 아가씨 신분이라고 한다.

만화에서 얻은 지식이지만, 그런 위치에 있는 사람은 연애할 때도 걸리는 게 많을 텐데, 자신과 같은 서민이 호감을 품으면 민폐가 되지 않을까.

하지만 가만히 있다가도 테트라를 떠올리며 번민하는 자신이 있었다.

“스기사키.”

“왜?”

“스기사키는, 연애 해 본 적 있어?”

시로가 그렇게 물어본 순간, 스기사키의 눈이 반짝였다.

“오? 뭐야, 뭐야?! 역시 진짜 그런 거였어?! 와아, 아카츠키 군도 조용한 줄만 알았는데~ ♪ 애, 자세히 얘기해 줘. 나 그런 이야기 듣는 거 엄청 좋아하거든!”

“그런 거 아니야! 그냥 한번 물어본 것뿐이야!”

스기사키가 적극적으로 나오자, 시로는 왠지 부끄러워져서 얼굴을 붉히면서 얼버무렸다.

이날의 학교생활은 하루 종일 이런 느낌이었다.

학교가 끝난 후, 슈퍼에서 돌아가는 길에 항상 테트라와 약속했던 곳에 들러 봤다.

주변은 어둑하고 조용하기만 했다.

"……그야 없겠지."

주변을 한 번 둘러봤지만, 테트라는 없다.

당연한 이야기다. "이제 학교에 가야 하니까 다음엔 쉬는 날에 놀자"라고 말한 건 시로 본인이었다.

테트라와 만나는 건 날이 저문 후였기에, 필연적으로 해산은 밤늦은 시간이었다. 그러면 아무래도 학업에 지장이 생기기에 그렇게 말해뒀다.

그런데 어쩌면 테트라가 있을지도 모른다는 옅은 기대를 품고 이곳에 오고 말았다.

대체 뭐 하러 온 거냐며 고개를 숙이던…… 그때였다.

가로등에 비친 발밑에 그림자가 졌다. ——그 그림자에는 박쥐 같은 날개가 있었다.

"테트라?!"

고개를 퍼뜩 들었다. 하지만 앞에 있는 건 테트라가 아니라, 메이드복을 입은 청발의 아름다운 누님이었다.

늘씬한 팔다리에 모델처럼 균형 잡힌 체형. 메이드복이란 비일상적인 차림인데도 복장이 완벽하게 어우러졌다.

그 메이드는 시로를 보고 눈을 가늘게 떴다.

"……지금, '테트라'라고 했죠? 당신이 아카츠키 시로라는 인간인가요?”

　메이드 누님은 웃음을 띠며 말했다. 하지만 어째서일까. 그 웃음을 보고 있으니, 식은땀이 줄줄 흘렀다.

　“그렇습니다만…….”

　“저는 테트라 님을 모시는 메이드인 메루라고 합니다. 갑작스럽지만 잠시 시간 좀 내주시겠어요?”

　메루라고 자신을 소개한 여성의 입꼬리가 싱긋 휘어졌다. 하지만 눈이 웃고 있지 않았다.

　시로의 본능이 ‘위험하다’라며 전력으로 경종을 울렸다. 이 정도로 목숨의 위기를 느낀 것은 옛날, 산에서 거대한 곰과 마주쳤을 때 이래로 처음이었다.

　“그게…… 저는 일이 있어서!!”

　시로는 발걸음을 돌려 도망치기 시작했다. 하지만 뒤에서 뻗어 나온 손에 붙잡힌 후, 손수건으로 입이 막혔다.

　“으읍——?!”

　손수건에선 약품의 냄새가 났고, 의식이 아찔하게 멀어져갔다.

　“도망치려고 한다는 건…… 역시 그런 거군요……? 후후, 우후후후후…….”

　의식이 멀어져가는 와중, 메루의 섬뜩한 웃음소리가 들려왔다.

†

눈을 뜬 곳은 어딘가의 지하실 같은 공간이었다.

어둑어둑하고, 벽과 바닥이 콘크리트였으며 조금 쌀쌀했다. 그리고 시로는 재갈이 물리고 손이 뒤로 묶인 채로 의자에 앉아 있었다.

"아, 일어나셨군요. 좋은 아침입니다, 시로 님. 기분은 어떠신가요?"

목소리가 들린 방향을 바라보니 메루라고 자신을 소개한 여성이 있었다. 다만, 그 손에는 만화에서나 볼 법한 상당히 투박한 채찍이 들려 있었다.

"으, 으읍……?"

"아, 이거 말인가요? 어쩌면 필요할지도 모른다고 생각해서 준비했는데, 제 질문에 솔직히 대답해 준다면 사용하지 않을 테니 크게 신경 쓰지 마세요."

메루가 지면을 향해 채찍을 휘두르자 '파앙!' 하며 풍선이 터지는 듯한 소리가 나서 시로는 짧은 비명을 질렀다.

"제 질문에는 솔직히 대답해 주세요. 그 외의 발언은 용인하지 않겠어요. 아시겠어요?"

시로는 고개를 끄덕였다. 황당한 상황이었지만 메루의 분위기는 전혀 농담 같지 않았다.

"우선, 먼저 확인하죠. 당신의 이름은 아카츠키 시로 님이 맞죠?"

"으, 으읍."

시로는 고개를 끄덕였다.

"시로 님은 얼마 전, 테트라 아가씨와 길에서 만나 친구 관계가 되었고요?"

"읍."

"그리고…… 교묘한 말로 아가씨의 마음을 희롱하고, 러브호텔에 데려갔죠?"

시로는 순간 자신이 무슨 소리를 들었는지 이해하지 못했다.

하지만 바로 이해했다. 이 사람은 아마, 엄청난 오해를 하고 있다.

"같이 들어갔죠……? 저의 아가씨를, 모욕했죠……? 아기 때부터 귀하디귀하게 키워온 저의 아가씨를…… 후후, 우후후…… ."

침묵을 긍정이라고 해석했는지 메루의 눈에서 점점 안광이 사라지고 공허로 물들었다.

그리고 마치 우리 안의 돼지를 보는 듯한 시선으로 시로를 보며 손에 니트릴 장갑을 꼈다.

"으읍?! 으으읍—?!"

"아, 안심하세요. 여긴 인간들의 나라니까, 아무리 소중한 아가씨에게 괘씸한 짓을 저질렀더라도 목숨까지 앗아

갈 생각은 없어요. 하지만⋯⋯.”

메루는 장갑 안쪽까지 손가락을 꽉 끼워 넣었다.

“다시는 아가씨에게 괘씸한 짓을 하지 못하도록, 당신의 고간에 있는 물건을 으깨 버릴 거예요.”

“으으으읍——?!?!”

공허한 눈동자의 메루가 천천히 다가와 시로의 바지 벨트를 철컥철컥 풀기 시작했다.

시로는 고개를 거세게 저으며 도망치려고 했지만, 단단히 구속되어서 도망칠 수 없었다. ⋯⋯그때였다.

“메루? 어디에 있나요—? 일에 관해 묻고 싶은 게⋯⋯.”

방문이 벌컥 열리더니 문틈으로 테트라가 고개를 빼꼼 내밀었다.

“⋯⋯어어?”

테트라의 눈에 비친 건, 당장 시로의 바지를 벗기려는 메루였다.

“어⋯⋯ 으음, 죄송해요. 즐기던 도중 같은데, 실례할게요⋯⋯.”

“으읍——!!”

“아니, 잠깐만요! 시로잖아요?! 메루, 너 뭐 하고 있는 거죠?!”

“막지 마세요, 아가씨. 지금 아가씨를 희롱한 고약한 인간에게 천벌을 내리려던 참이었어요.”

"희, 희롱하다니 무슨 소리인가요? 시로와는 같이 놀고 호텔에서 휴식한 것뿐인데요?"

"으읍——?!(왜 그렇게 오해를 불러일으키는 말을 하는 거야?!)"

테트라의 말에 메루의 눈이 더욱 공허해졌다.

한편 테트라는 어째서 이런 사태가 되었는지를 아직 이해하지 못한 듯이 허둥댔다.

"정말, 대체 뭔가요?! 왜 이런 상황이 되었죠?! 제대로 설명해 주세요!"

"그야 물론, 이 남자가 아가씨를 러브호텔에 데리고 가서 희롱했기 때문이죠."

"러브호텔? 그게 뭐죠?"

테트라의 말에 메루는 움직임을 멈췄다. 간신히, 미묘하게 대화가 맞물리지 않았단 점을 알아챈 듯했다.

"아가씨. 아가씨와 이 인간이 들어간 곳은 러브호텔이란 시설입니다만, 모르고 계셨나요?"

"저희가 들어간 곳은 호텔이라고만 적혀 있었는데요?"

여담이지만, 실제로 러브호텔도 모든 곳이 '러브' 호텔이란 문구를 간판에 내걸지는 않는다. 실수로 들어가지 않도록 조심하자.

"……참고로, 러브호텔이 어떤 시설인지 아가씨는 아시나요?"

"아니요. 어떤 시설인데요?"

"……."

테트라의 대답에 메루는 침묵했다. '크흠' 하고 헛기침을 하더니 "아가씨. 귀 좀 빌릴게요"라며 조심스레 테트라의 귓가에 얼굴을 가져다 댔다.

"잘 들으세요, 아가씨. 러브호텔이란 건 주로 ………하거나, …………나, …………를 하고………."

"어……? 흐에……?!"

메루의 설명을 듣고 테트라는 곧바로 김이 뿜어져 나올 정도로 얼굴이 새빨개졌다.

"그래서, 저는 아가씨가 이 인간과 러브호텔에서 시간을 보냈다는 것을 알고, 아가씨가 그런 짓을 당한 게 아닐까 해서……."

"아, 아, 아, 안 했어요! 테트라는 처음 본 사람이랑……! 가만, 그러면 테트라와 시로가 그 호텔에 들어가는 장면을 본 사람들은, 테트라와 시로가 그런…… 꺄아아아아아아?!"

†

"시로 님. 아가씨가 신세를 졌다는 것도 모르고, 정말 죄송했습니다!"

시로와 테트라에 관한 대강의 사정을 설명하고 지하실

에서 접객실로 이동하자, 메루는 사죄를 입에 담으며 바닥
에 엎드려 머리를 조아렸다.

"괜찮아요. 오해도 풀렸으니까요."

"하, 하지만 시로도 잘못했어요! 그곳이 그런 장소라는
걸 알았으면 테트라도 들어갈 생각을 안 했을 텐데……."

"아니, 난 끝까지 말렸잖아?! 그런데 테트라가 글썽거리
면서 들어가고 싶다고 조르는 탓에……."

"꺄아아아아아아! 그렇게 표현하지 마세요오오오! 그, 그
렇게 말하면 마치 테트라가 시로에게…… 꺄아아아아아!!"

테트라는 얼굴을 새빨갛게 물들인 채로 시로의 멱살을
붙잡고 앞뒤로 마구 흔들었다.

한편, 메루는 바닥에 넙죽 엎드린 채로 내심 놀라면서
그 모습을 지켜봤다.

'그 아가씨가 저렇게 잘 따르다니……!'

골수 인간 혐오자였던 테트라가 시로에게는 자연스럽게
말을 건다.

대화하는 내용도 말다툼처럼 들리긴 했지만, 자세히 들
어보면 서로 장난치는 느낌이었다. 그것만으로도 두 사람
의 친밀도를 체감할 수 있었다.

'뭐, 확실히 경계하는 게 바보처럼 느껴질 정도로 사람
좋아 보이는 소년이지만…….'

시로의 상태를 관찰하다 보니…… 문득, 메루의 머릿속

에 옛 기억이 떠올랐다.

테트라가 어릴 적, 인간 남자아이와 친하게 지내던 시기가 있었다.

그 남자아이도 흑발이었고, 어린 나이에도 시로처럼 부드러운 분위기의 소유자였다.

'아가씨. 그런 타입이 취향이신가?'

어쨌든 사랑하는 주인의 순결을 짓밟았다고 착각하는 바람에 늦게 깨달았지만, 시로는 무척 상냥하고 무해한 분위기를 풍겼다. 고집이 센 테트라와의 상성도 나쁘지 않아 보였다.

게다가, 테트라가 인정할 정도로 피가 맛있다니…….

'……이건 기대 이상의 행운이 아닐까?'

요즘 테트라의 상태를 떠올리고, 메루의 머릿속에 계략이 번뜩였다.

"크흠. 아가씨. 잠시 확인하겠습니다만, 시로 님의 피가 그 정도로 맛있었나요?"

"……그야, 뭐."

"일본 정부가 제공하는, 헌혈로 모은 혈액과 비교하면요?"

"그런 것과 비교하는 건 시로에게 실례예요. 테트라가 먹는 거라면 적어도 한 달은 마늘을 끊은 처녀의 피를 대령하라고요."

"그러면 이 세계에 오기 전에 아가씨가 마시던 피와 비교

하면 어떤가요? 그건 귀족을 위해 관리받은 최고급품이었
잖아요.”

“……그거랑 비교해도 시로가 훨씬 나아요. 솔직히 비교
할 거리도 되지 않아요.”

“그렇군요. 그 정도라니. ……다만, 이대로라면 그 맛있
는 피를 잃게 될지도 몰라요.”

“그게 무슨 의미죠?”

“이걸 보세요.”

메루는 어쩐지 과장된 몸짓으로 슈퍼 비닐봉지를 꺼내
들었다.

“이건 뭐죠?”

“시로 님의 소지품입니다.”

그건 시로가 메루에게 납치되기 전에 슈퍼에서 산 것이
었다. 유괴와도 다름없는 방법으로 끌려왔으나, 일단 짐은
제대로 챙겨준 모양이었다.

테트라는 의아하단 얼굴로 슈퍼 봉지를 뒤졌다.

안에서 컵라면(마늘 듬뿍 첨가)이 나왔다.

“시로오오오오오?!”

테트라는 곧바로 발끈하여 시로의 멱살을 잡았다. 시로
는 깜짝 놀라 눈을 동그랗게 떴다.

“시로!! 네 피는 엄청 맛있다고 칭찬해 줬잖아요?! 그런데
왜 저런 걸 먹으려는 거죠오오오?!”

“어? 어? 아니, 오늘 세일이라 싸게 팔아서…….”

“싸다고요? 그런…… 그런 이유로…… 으아아아아아앙!”

결국 눈물을 터트린 테트라. 혼란스러워하는 시로에게 메루가 슬쩍 설명을 덧붙였다.

“흡혈귀에게 피가 맛있는 인간은 황금 이상의 가치가 있죠. 하지만 마늘을 섭취해 버리면 장기간 마실 수 없게 돼요. 시로 님의 행동은, 비유하자면 누군가가 사막에서 말라죽기 직전에 겨우 찾은 오아시스에 진흙을 던진 듯한 행위죠.”

“……혹시, 테트라가 피를 마시는 게 싫었나요?”

테트라는 코를 훌쩍이며 그런 질문을 했다.

“저희가 살던 곳에선 흡혈귀에게 피를 빨리기 싫어서 마늘을 먹는 사람들도 있었어요. 혹시, 시로도 그런 목적으로 이런 걸…… 쿨쩍…….”

“아, 아니야! 나는 그런 건 줄 몰랐어! 미안. 테트라. 사과할 테니까 진정해. 응?”

“하지만 이대로라면 시로 님의 피가 열화되는 건 피할 수 없겠군요.”

확인 사살하는 듯한 타이밍에 그렇게 말한 메루는 봉지 속 내용물을 하나하나 꺼냈다.

봉지에서 나온 건 슈퍼에서 산 도시락과 반찬. 통조림과 인스턴트 식품이었다.

©Kani Biimu

"상당히 영향이 불균형한데요. 실례지만 이런 걸 계속 드시면 피의 품질을 유지하기 어렵겠어요."

"시, 시로의 피가 맛없어지는 건가요?"

"이대로라면 아마도."

"그, 그건 안 돼요! 시로! 좀 더 영양가 있는 음식을 제대로 챙겨 드세요!"

"그렇게 말해도……."

테트라의 요청에 시로가 당황했다.

다소 영양이 편향된 식사를 한다는 것은 자각하고 있었지만, 그렇다고 바로 식생활을 개선할 수 있는 건 아니었다.

혼자 살며 밥을 해 먹는 건 의외로 돈이 많이 들고 시간도 걸린다.

솔직히 그리 유복하지 않은 데다가, 언젠가 아르바이트를 시작할 생각이었던 시로에게 매일 세 끼를 영양 균형 맞춰 먹으라는 건 어려운 이야기였다.

그런 시로의 생각을 꿰뚫어 본 듯이 메루의 눈이 반짝 빛났다.

"시로 님. 제안이 하나 있습니다만, 아가씨의 펫이 되는 건 어떠신가요?"

"네?"

"어?"

시로와 테트라가 동시에 반응했다.

"페, 펫이라니? 설마 그 펫을 말하는 건가요?"

"네. 이 세계의 인간에겐 낯설겠지만, 저희 흡혈귀가 마음에 든 인간을 가축…… 크흠, 펫으로 삼는 건 드물지 않은 일이에요."

"지금 가축이라고 말한 것 같은데요?!"

신경 쓰이는 점은 많았지만, 메루가 간단히 설명했다.

이세계는 이곳에 비해 식량 사정과 위생 환경이 매우 뒤떨어졌다. 그렇기에 맛있는 피를 지닌 인간을 찾아도 금방 맛이 열화되어 버리는 일이 많았다고 한다.

그래서 마음에 든 인간을 펫으로 삼아 집으로 데려가서 피가 열화되지 않도록 아껴준다……는 것이 귀족의 소양으로 정착되어 있었다고 한다.

이런 방법을 통해 흡혈귀는 맛있는 피를 마실 수 있고, 인간도 의식주가 보장되는 그야말로 상호 이익 관계라고 메루는 설명했지만…….

"그래도 펫은 좀……."

"마, 맞아요. 애초에 피가 아무리 맛있더라도 남성을 같은 집에서 지내게 하다니……."

"어머, 어째서요? 서로에게 좋은 이야기 아닌가요?"

그렇게 말한 메루는 먼저 테트라에게 시선을 보냈다.

"우선 아가씨. 항상 헌혈로 모은 피를 불만스러워하지 않으셨나요? '직접 이를 박아 넣고 흡혈하고 싶다'라고 하셨잖아요."

"그야, 그랬지만……."

"시로 님을 펫으로 삼으면 시로 님의 피를 매일 마실 수 있습니다. 엄청 맛있었다고 아가씨가 말씀하셨잖아요."

"으으……."

테트라의 눈이 떨리기 시작했다.

메루는 테트라의 마음이 흔들리는 것을 알아채고 유혹하듯이 귓가에 속삭였다.

"상상해 보세요. 시로 님의 목덜미에 이를 박아 넣고, 흘러넘치는 피를 꼴깍, 꼴깍 삼키는 것을. 시로 님을 펫으로 삼으면 매일 원할 때 그 맛있는 피를 마실 수 있답니다."

"으…… 우으…… 시로의 피를…… 매일……?"

"거기에…… 시로 님은 저렇게 식사를 신경 쓰지 않는데도 아가씨가 감격할 정도로 피가 맛있었잖아요? 그렇다면…… 이 저택에서 시로 님의 건강을 제대로 관리해 보면……?"

"시로의 피가…… 더욱 맛있어진다……?!"

테트라의 시선이 메루와 시로 사이를 왕복했다.

"어, 어쩔 수 없네요! 시로가 꼭 바란다면야 페, 펫으로 삼아 줄 수도 있고요!"

그렇게 말하며 기대가 담긴 눈으로 힐끔힐끔 시로를 바라봤다. 메루는 미소 지으며 이어서 시로에게 시선을 보냈다.

"아가씨가 그렇게 말씀하십니다만, 어떠신가요, 시로 님?"

“아니, 그래도…….”

“아까도 말씀드렸지만, 시로 님에게도 메리트가 크다고 생각해요.”

메루는 그렇게 말하며 웃음을 지었다. ……어쩐지 인간을 유혹하는 악마가 이런 느낌일 듯했다.

“실례일지도 모르지만, 시로 님의 경제 사정은 그리 좋지 않아 보이는군요. 아가씨의 펫이 되어주신다면 의식주는 저희가 마련해 드릴 테고, 필요하다면 용돈도 드릴 수 있습니다. 금전적으로 큰 여유가 생길 거예요.”

“으…….”

실제로 시로의 집은 그리 유복하지 않다. 거기에 골든위크에 매일 테트라와 노는 바람에 용돈도 바닥을 드러내기 시작했다. 솔직히 상당히 고마운 제안이었다.

“하지만 아무리 생각해도 펫이 되는 건 좀…….”

“펫이란 게 신경 쓰이신다면, 주거가 제공되는 아르바이트라고 생각하면 어떠신가요? 시로 님은 아가씨에게 피를 제공하고, 그 보수로 쾌적한 의식주와 용돈을 받는다. 어때요. 아무 문제도 없죠?”

“그건, 으음…….”

“아직 마음에 걸리는 게 있으시다면, 아가씨의 시중 일도 맡길게요. 저도 바쁘고, 아가씨와 또래인 분이 아가씨를 상대해 준다면 무척 도움이 될 테니까요. 물론, 그만큼 보수도 늘어날 거고요."

"……."

시로의 시선이 흔들리기 시작했다. 그것을 알아채고 메루는 조용히 마지막 카드를 꺼냈다.

메루가 시로의 귓가에 살며시 입술을 가져갔다.

"이곳에서 일하신다면 아가씨와 매일 만날 수 있어요. 시로 님."

그렇게 속삭이고, 의미 있는 미소를 지었다.

"……!"

"후후. 지금 반응을 보니 확신했어요. 시로 님은 아가씨에게 마음이 있으시죠?"

"아, 아니, 나는 그런 게……!"

시로는 순식간에 얼굴이 새빨개졌다. 메루는 옳거니 하며 입꼬리를 올렸다.

"이곳에서 일해 주신다면 당연히 아가씨와 한 지붕 아래에서 지내게 되죠. 매일 함께 있으면 아가씨에게도 특별한 감정이 싹틀지도 모르는 일이고요."

메루의 말에 테트라와 함께 사는 광경을 상상하고 말았다. 마음이 이리저리 흔들리는 게 느껴졌다.

"메루 씨는 그런 상황이 와도 괜찮으신가요?"

"제가 최우선으로 두는 건 아가씨의 행복이에요. 시로 님이 괘씸한 짓을 벌일 것 같으면 물론 부숴버리겠지만,

그렇지만 않다면 크게 관여하지 않을 생각이에요.”

메루는 그렇게 말하고 연타를 가했다.

“상상해 보세요. 방금 잠에서 깨서 조는 아가씨…… 배가 가득 차서 행복한 표정을 짓는 아가씨…… 목욕을 마치고 나와 따끈따끈한 아가씨…… 그런 귀여운 아가씨의 모습, 보고 싶지 않나요? 보고 싶죠? ……볼·수·있·어·요. 이곳에서 일한다면 그런 아가씨를 매일…….”

유혹하는 듯한 메루의 말을 듣고, 테트라의 그런 모습을 상상하고 말았다. 얼굴이 삶아진 것처럼 빨개졌고 머리에서 김이 뿜어져 나왔다.

그런 시로에게, 메루는 싱긋 미소를 지었다.

“그럼 동의하시는 거죠?”

완벽한 타이밍에 날아온 질문에…… 무심결에 고개를 끄덕이고 말았다.

그 후, 바로 흡혈을 하게 되어서 시로는 욕실에서 신체를 깨끗이 하고 테트라의 방으로 향했다.

복도를 걸으며 다시 저택을 둘러봤다. 무척이나 '흡혈귀 저택'이란 느낌이 나는 서양식 건물이었다.

창문은 두꺼운 커튼이 가리고 있고, 벽에는 고풍스러운 램프가 빛을 냈다.

현관이 위층까지 뻥 뚫린 2층 건물로, 1층에는 욕실과 주방, 메루의 방. 2층에는 테트라의 생활 공간이 있는 구조였다.

……여담이지만 흡혈귀들은 이세계에서 가져온 다양한 보물을 팔아서 이 정도 규모의 저택을 구입할 수 있는 자금을 마련했다고 한다.

그러고 보면 전에 뉴스에서 흡혈귀가 가져온 미스릴 강철이 상온 상압 초전도 물질이라는 매우 귀중한 것이라 미국이 수십억 달러로 구매했다는 소식을 들은 것 같다.

그런 생각을 하면서 시로는…….

'아니, 나 역시 너무 성급했던 거 아니야?'

잠시 머리를 감싸고 있었다.

확실히 메루의 제안은 매력적이었다.

의식주는 보증해 주고, 용돈도 주고, 거기에 테트라와

함께 있을 수 있다.

마치 최면술처럼 메루의 음색에 홀려서 고개를 끄덕이고 말았지만, 냉정히 생각해 보면 상당히 위험한 다리를 건넌 듯한 기분이었다.

이세계에서 온 흡혈귀의 저택에서 일하다니, 적어도 간단히 결정할 일은 아니었다.

최악의 경우엔 가축 같은 취급을 당해서 어딘가에 갇혀서 피만 착취당할 가능성도…….

그런 생각을 하며 걷고 있자 어느샌가 테트라의 방 앞에 도착했다.

심호흡하고 똑똑 문을 노크했다. 그러자 "들어오세요—"라는 테트라의 목소리가 들려왔다.

방으로 들어가니, 테트라는 침대에 앉아서 쿠로에게 빗질을 해주고 있었다.

복장은 여유 있는 네글리제 차림. 고양이를 무릎에 앉히고 예뻐하는 모습이 왠지 무척 그림 같았다.

"시로. 그런 데 서 있지 말고 여기에 앉으세요."

자기도 모르게 방 입구에 서서 멍하니 바라보자, 테트라가 그렇게 말하며 자신의 옆자리를 툭툭 두드렸다.

"시, 실례하겠습니다."

긴장한 채로 방에 들어섰다. 달콤한 향기가 은은히 풍겨와서 심장이 쿵쿵 뛰는 것이 느껴졌다.

요즘 테트라와는 매일 만났지만, 이렇게 테트라의 방에서 마주하니 뭐라고 표현해야 할지 모르겠지만 전혀 다른 기분이었다.

테트라의 옆에 앉았다. 침대가 작게 삐걱거리는 소리가 두근거림을 가속했다.

"쿠로 빗질도 금방 끝나니까 잠시 기다리세요."

"응. 천천히 해……."

그렇게 말하며 시로는 방을 흘끔 둘러봤다.

테트라의 방은 마치 공주님 방 같았다.

고급스러운 가구에 캐노피가 달린 커다란 침대. 바닥에는 두터운 카펫이 깔려 있어서 걷는 것만으로도 기분이 좋았다.

다만 침대의 머리맡에는 커다란 인형이 몇 개 놓여 있어서 여자아이다움이 느껴졌다.

자신은 지금 테트라의 사적인 공간에 들어와 있다. 그렇게 생각하니 왠지 마음이 진정되지 않아서 몸을 가만히 두기 어려웠다.

"자. 빗질은 끝났어요. 쿠로, 착하게 있었네요~."

"냐아―♪"

쿠로는 기쁜 듯이 울고는 시로의 무릎 위로 가볍게 점프해 자리를 옮겼다.

"잘 지내나 보네. 다행이다."

“흐흥. 테트라가 보살피니까 당연하죠.”

테트라가 당당하게 가슴을 폈다.

실제로 처음 봤을 땐 조금 여윈 상태였는데 지금은 매우 건강해 보였다. 제대로 애정 들여 보살펴 주는 모양이다.

“……자, 시로? 테트라는 배가 고파요.”

“으음, 지금 마시려고……?”

“당연하죠. 그러기 위해서 너를 고용한 거니까요. 왜요? 지금 와서 겁나나요?”

“아니. 그런 건 아닌데…… 좀 긴장돼서…….”

시로는 저번에 흡혈당했을 때의 기억을 떠올렸다.

테트라는 흡혈하자 흐늘흐늘하게 취해서는 애교를 부렸는데…… 이번엔 그걸 테트라의 방에서 한다고 생각하니 왠지 자꾸만 긴장하게 된다.

“참고로…… 의식주 외에도 뭔가 바라는 건 없나요?”

“응?”

“몇 번이나 말했지만, ‘가치 있는 것에는 상응하는 대가를’이 발프레아가의 가훈이에요. 시로의 피는 의식주 제공만으로는 부족하죠. 그러니까 뭔가 바라는 게 있으면 말해 주세요.”

“그래…….”

“이번엔 정식으로 시로를 고용했으니까 어렵게 생각하지 말고 ‘돈을 더 내놔’ 같은 요구를 해도 괜찮아요.”

"그건 안 돼. 친구 사이에 그러고 싶지는 않아."

"그럼 무얼 바라시죠?"

"으음……."

별생각 없이 무릎 위에 있는 쿠로를 바라봤다.

쿠로는 시로의 쓰다듬는 손길을 받으며 매우 기분 좋은 듯이 눈을 가늘게 떴다.

그 모습을 보자, 전에 취한 테트라의 머리를 쓰다듬었던 기억이 떠올라서…….

"테트라의 머리를 쓰다듬고 싶어."

"네?"

자기도 모르게 머리에 떠오른 것을 그대로 말하고 말았다. 테트라는 비둘기가 콩알탄이라도 맞은 듯한 얼굴로 멍해졌다.

"흐, 흥. 본성을 드러냈군요. 역시 인간은 짐승이라니까요."

"어어, 죄송합니다?"

조금 볼을 붉히며 테트라는 고개를 돌리고 말았다.

하지만 잠시 후 시선이 돌아왔다.

"……테트라의 머리, 쓰다듬고 싶나요?"

"허락하는 거야?"

"차, 착각하지 마세요! 단지…… 일단 너랑 테트라는 친구니까, 피의 대가이기도 하고, 네가 간절히 바란다면야 쓰다듬지 못할 이유도…… 없고요.”

“그럼…… 쓰다듬고 싶어.”

“흥. 정말 인간은 약았다니까요. ……마음대로 하세요.”

그렇게 말하며 테트라는 시로 쪽으로 머리를 기울였다.

시로는 조심스럽게 테트라의 머리에 손을 얹었다. 그대로 손을 좌우로 움직이자 부드럽고 기분 좋은 감촉이 전해졌다.

“음…….”

테트라는 눈을 감고 가만히 쓰다듬는 손길을 받았다.

적어도 싫어하지는 않는 기색이었기에 안심하고 시로는 더욱 정중하게, 상냥한 손길로 머리카락을 빗듯이 쓰다듬었다.

정수리 부분은 살짝 따뜻하고 달콤한 향기가 났다.

무의식적인 행동인지, 테트라는 마치 ‘좀 더’라고 조르듯이 손에 머리를 비비적거렸다.

‘……기분 좋은가?’

처음엔 테트라도 조금 긴장한 얼굴이었는데, 지금은 표정이 풀어져서 거부하는 것 같지는 않았다. 등의 날개가 파닥거렸다. 어쩌면 실은 어리광을 잘 부리는 성격일지도 모르겠다.

“후후.”

“뭐, 뭐죠? 히죽거리고.”

"아니, 미안. 왠지 여동생이 늘어난 것 같은 기분이라."

"뭐, 뭐라고요?! 누가 네 여동생인가요! 그보다 남매라면 테트라가 당연히 누나일 텐데요!"

"나, 올해로 열여섯인데 테트라는?"

"……아직 열다섯이에요. 으윽."

진심으로 분한 듯이 이를 가는 테트라. 그 모습을 보고 왠지 동생의 반항기가 떠올라서 그리운 기분이 들었다.

한편 테트라는 여동생 취급당한 게 불만스러웠는지 볼을 빵빵하게 부풀렸다.

"우으…… 언제까지 쓰다듬을 생각인가요? 이제 충분하잖아요."

"그래."

"정말이지, 시로는 주인님을 향한 존경심이 부족해요."

투덜투덜 불평을 늘어놓으며 테트라는 침대에서 일어섰다.

"그럼 대가는 지불했으니 흡혈, 할게요."

"응."

테트라가 그렇게 말하자 쿠로도 분위기가 바뀐 것을 알아챘는지 시로의 무릎에서 내려와 방구석에 있는 자신의 잠자리로 향했다.

테트라는 천천히 목덜미에 얼굴을 가져다 댔다. 테트라에게 피를 빨리는 건 두 번째지만, 역시 이 순간은 두근거렸다.

찰박, 촉촉한 혀가 시로의 목덜미를 훑었다. 자기도 모르게 "히익?!" 하는 소리를 내자 테트라도 왠지 부끄러운 듯이 "이, 이상한 소리 내지 마세요!"라며 화냈다.

찰박…… 찰박…….

테트라의 목덜미 애무가 이어졌다. 촉촉한 혀가 목덜미를 왕복하며 공들여 타액을 발랐다.

테트라도 바로 흡혈이 이어진다는 생각에 두근거리는지 조금 피부가 뜨거워졌고 숨이 거칠었다.

여자아이의 거친 숨소리가 귓가에 들려와서 시로는 참기 어려운 기분이 들었다.

"……잘 먹겠습니다."

당분간 애무를 이어 나간 후, 테트라는 작은 목소리로 그렇게 속삭였다.

따끔거리는 통증이 이어지더니, 테트라의 송곳니가 제 안으로 들어오는 감촉이 들었다.

"……쪼옥…… 음……."

테트라는 시로의 목덜미에 딱 달라붙었다.

"으…… 아……."

자기도 모르게 소리가 흘러나왔다. 테트라에겐 단순한 식사인 것을 알고 있는데도 이렇게 목덜미를 빨리는 것은 역시 상당히 자극적이었다.

피부가 얇은 부분에 닿는 감촉과 피부로 전해지는 거친 숨결이 간지러워서, 기분 좋아서, 왠지 몸이 점점 뜨거워졌다.

"아…… 음, 쪽…… 시로, 그렇게 움직이면 마시기 어려워요."

"미, 미안."

쾌감을 참지 못하고 몸을 꿈질거리고 말았다. 그때마다 테트라가 불평했지만, 왠지 그 목소리에 달콤한 울림이 섞인 것처럼 느껴졌다.

"하압…… 으음……."

머리가 멍해지고 몸이 느른해졌다.

"으…… 음……."

꼴깍, 꼴깍, 피를 목으로 넘기며 테트라가 시로의 몸에 팔을 둘렀다. 그대로 꼭 끌어안았다.

부드러운 몸과 체온이 직접 전해져서 점점 기분이 이상해졌다.

"시로…… 맛있어요……. 좀 더……."

열에 들뜬 목소리로 말하면서 테트라는 더욱 강하게 시로를 끌어안았다. 밀착도가 늘어나 심장의 고동까지 전해지는 듯한 기분이었다.

'이, 이건 식사니까!'

그 사실을 곱씹지 않으면 여러모로 참기 어려워질 것 같았다.

"하아…… 하아……. 음…… 으음…… 쪼옥."

테트라는 시로를 안은 채로 피를 마시는 데에 집중했다.

다만 자세가 불편해졌는지 테트라는 몸을 틀어 시로의 허벅지에 올라타듯이 앉았다.

"으읏?!"

옷 너머로도 가감 없이 느껴지는 부드러운 피부의 감촉에, 시로는 소리 없는 비명을 질렀다.

한편 테트라는 시로의 동요는 눈치채지 못한 채, 다시 시로의 목에 팔을 두르고 피를 빨았다.

"쪽…… 쪼옥…….'

피를 빨리는 쾌감에 더해, 허벅지에 전해지는 열과 부드러움. 그 탓에 점점 이성이 녹아드는 듯했다.

'이건 식사! 이건 식사야!'

머릿속으로 필사적으로 그 생각을 반복했지만, 몸의 한 부분에 점점 피가 몰리는 것을 느꼈다.

이대로라면 몸의 반응을 테트라가 눈치채는 것도 시간 문제였기에 초조해지기 시작한 그때였다.

"음…… 파하."

테트라는 시로에게서 입술을 떨어트리고 크게 숨을 내쉬었다.

눈은 나른했고, 만취한 듯이 멍한 표정이었다.

"충분해?"

"네…… 잘 먹었습니다……."

테트라는 만족스럽게 배를 쓰다듬었다.

어쨌든 큰일이 나기 전에 끝나서 다행이었다. 그렇게 생각하며 가슴을 쓸어내렸으나, 그것도 잠시, 테트라는 벌떡 일어나 어째서인지 불만스러운 표정으로 볼을 부풀리고는…….

"반드시! 테트라가 누나 할 거예요!"

척! 시로의 눈앞에 손가락을 내밀며 그렇게 말했다.

"무슨 소리야?"

"흐흥. 지금 그걸 증명해 주겠어요."

"증명하다니 뭐를…… 우왓?!"

시로가 힘에 밀려 침대에 눕혀졌다.

그리고 테트라는 그런 시로 위에 올라탔다.

배에 느껴지는 부드러운 엉덩이 감촉. 거기에 자신을 내려다보며 혀로 입술을 할짝대는 테트라의 모습에 심장이 쿵쿵 소리를 내며 크게 뛰었다.

"후후. 누가 위인지, 그 몸에 직접 알려주도록 하겠어요."

테트라는 그대로 시로의 옷을 붙잡더니 가슴팍까지 휙 들췄다. 갑작스러운 일에 시로는 "히익?!" 하고 마치 여자애 같은 소리를 냈다.

"역시 의외로 근육이 있군요…… 엄청, 맛있어 보여."

황홀한 표정을 짓더니 작은 입술로 뜨거운 숨을 내쉰다.

그 표정은 몹시나 섹시했고…… 평소의 새침한 모습과는 전혀 달랐다.

"테, 테, 테, 테트라?! 대, 대체 뭘 하려고?!"

"말했잖아요…… 누가 위인지, 그 몸에 충분히 알려주겠다고……."

그렇게 말하며 손가락으로 시로의 옆구리를 쓸었다. 근질거리는 자극에 심장의 고동이 점점 빨라졌다.

"아, 안 돼! 그, 그런 건 연인 사이가 된 후에 해야……!"

"후후. 놓아주지 않을 거예요."

테트라는 시로의 몸에 두 손을 뻗었다. 시로는 앞으로 일어날 일을 상상하고 자기도 모르게 눈을 감았다. 그리고…….

"간질간질~ ♪"

테트라는 위에 올라탄 채로 시로의 몸을 간질였다.

갑작스러운 일에 시로의 입에서 비명 섞인 목소리가 흘러나왔다.

"힉?! 잠깐, 그만……?!"

"멈추지 않을 거예요~. 시로보다 테트라가 누나라고요."

그렇게 말하며 테트라는 즐거운 얼굴로 간지럼 공격을 계속했다.

그 공격에서 벗어나려고 버둥거려 봤지만, 테트라가 위에 올라탄 탓에 쉽게 움직일 수가 없었다.

“그, 그만, 테트라…… 히익?!”

“흐흥. 아무래도 네 약점은 여기인가 보군요~?”

시로가 옆구리가 약하다는 것을 확인하고 테트라는 그 곳을 집중적으로 공격하기 시작했다.

“으왓, 잠깐, 잠깐 기다려, 테트라?!”

“안 돼요~♪ 테트라를 누나라고 인정할 때까지 봐주지 않을 거예요.”

시로의 당황하는 얼굴을 본 테트라는 기분이 좋아졌는지 시로의 위에 올라탄 채로 옆구리를 간지럽혔다.

다만, 시로가 당황한 것은 간지럽기 때문만이 아니었다.

옆구리를 간지럽히기 위해 테트라가 걸터앉은 부위를 조금 시로의 하반신 쪽으로 옮겼는데…… 바지 너머로 이것저것 닿고 만 것이다.

위에 걸터앉은 테트라가 움직일 때마다 부드러운 몸이 민감한 부분을 꾹꾹 자극했다.

테트라의 체중, 부드러움과 체온. 그런 것이 전부 합쳐져서 매우 위험했다. 정말, 심히 위험했다.

“……응? 뭐죠, 이건? 뭔가 딱딱한 게…….”

“테트라. 항복! 항복할게! 여기서 그만! 응?!”

그렇게, 테트라는 시로에게 대승리를 얻어내고 시로의 옆에 풀썩 앉았다.

"흐흥. 역시 테트라가 누나죠. 잘 들으세요, 시로. 남동생은 누나의 말을 잘 따라야 한다고요."

"그래……."

승리에 기분이 좋아진 테트라는 만족스러운 표정이었다. ……다행히도, 어째서 시로가 무릎을 끌어안고 몸을 둥그렇게 말고 있는지는 눈치채지 못한 모양이다.

"자, 누나의 첫 일거리예요. 동생의 어리광을 들어주겠어요."

"어리광이라니……."

테트라는 "에헤헤~♪" 하고 기쁜 듯이 웃으며 자기 무릎을 툭툭 쳤다.

"자, 시로~. 누나가 무릎베개해 줄 테니까 여기 누워보세요."

"아니, 괜찮아."

"안― 돼―요―. 누나의 말을 잘― 들―어―야―죠~."

테트라가 시로의 팔을 잡아당겼다. 그대로 테트라는 시로의 머리를 억지로 무릎 위에 눕혔다.

테트라의 무릎은 부드럽고, 좋은 냄새가 나고…… 게다가 시선을 올리면 테트라의 웃는 얼굴과 두 개의 봉긋한 부위가 보여서, 부끄러워서 시선을 피하게 되었다.

"흐흥♪ 포기하고 누나에게 응석 부리라고요."

"……."

“착해라. 솔직한 동생은 귀엽군요.”

테트라는 즐거운 목소리로 말하며 시로의 머리를 상냥하게 쓰다듬었다.

“기분 좋나요?”

“……응.”

“그렇군요. 그러면 다행이에요.”

테트라는 눈을 가늘게 뜨고 시로의 머리를 쓰다듬고, 머리카락을 만졌다.

그 표정은 왠지 자애가 넘쳐서, 정말로 남동생의 응석을 받아주는 누나 같았다.

여동생의 응석을 받아줄 땐 있었지만, 이렇게 응석을 부리는 건 드문 일이라서, 시로는 왠지 부끄러워져서 얼굴을 가렸다.

“……저기, 시로?”

“응……?”

“테트라는 말이죠. 이런 식으로 함께 있는 가족을 원했어요. 그러니까 시로가 이 집에서 살게 되어서, 정말 기쁘답니다.”

“……테트라의 아버지, 어머니는?”

“아버지는 한참 전에 돌아가셨어요. 어머니는…… 만난 적이 손에 꼽을 정도여서요.”

싱글거리던 표정이 순식간에 애달픈 표정으로 바뀌었다.

"귀족에겐 흔한 일이에요. 어머니는 바쁘고, 테트라는 떨어져서 지냈으니까요."

테트라는 아무렇지도 않다는 듯이 말했지만, 그 말의 뒤편에선 쓸쓸함이 배어나 오는 듯했다.

시로가 걱정스러운 눈으로 바라보자, 그게 기뻤는지 테트라의 표정이 풀어졌다.

"그러니까 시로가 가족이 되어준 것 같아서 엄청, 엄청 기뻐요. 그리고, 남동생이 생긴 것 같아서요."

"나도 테트라랑 같이 살게 되어서 기뻐."

"에헤헤. 앞으로 잘 부탁드려요."

"나야말로, 잘 부탁해."

……흡혈귀의 펫이 되는 건 솔직히 많이 불안하다.

하지만 그것으로 테트라가 기뻐해 준다면 상관없지 않을까……. 마음 한구석에 그런 생각이 들었다.

"저기, 아카츠키 군. 목덜미의 키스 마크…… 늘어난 거 아냐?"

"버, 벌레에 물려서! 벌레에 물려서 그래!"

"흐음―?"

다음 날 학교에서 시로는 흡혈흔이 늘어난 것을 바로 지적당했다.

스기사키는 시로의 변명을 전혀 믿지 않는 듯, 히죽거리는 웃음을 지었다.

사실을 말하지 못할 건 없지만, 한창 사춘기에 들어선 남자가 테트라처럼 귀여운 여자아이에게 피를 빨렸다고 말하는 것도 왠지 부끄러웠다.

게다가 스기사키는 여자고 교우관계도 넓다. "실은 나, 어제부터 귀여운 흡혈귀 여자애랑 동거하게 됐는데 이건 피를 빨린 자국이야"라고 말했다가는 순식간에 소문이 퍼져나갈 것 같았다.

그러나 얼굴을 새빨갛게 물들이며 얼버무리는 모습이 아무래도 스기사키의 장난기를 자극한 모양인지, 스기사키는 히죽거리며 추궁의 끈을 놓지 않았다.

"저기, 아카츠키 군의 여자친구는 어떤 스타일이야?"

"그런 거 아니라니까! 자꾸 이상한 거 묻지 마!"

“뭐가 아니야. 어서 말해봐.”

“이, 이제 그 이야기는 끝! 이제 점심시간이니까! 점심 먹자!”

그렇게 강제로 대화를 끊고 시로는 가방에서 점심 도시락을 꺼냈으나, 그건 실책이었다.

“어라? 아카츠키 군. 맨날 매점 빵 먹더니 오늘은 도시락이네?”

“아.”

시로가 연 도시락은 메루가 만든 것이었다.

역시 프로 메이드. 시로(의 맛있는 피)를 위해서 정성스레 만든 것이 한눈에 보였다.

그리고 그런 도시락을 본 스기사키는 더욱 히죽거렸는데…….

“여자친구가 만들어 준 도시락이라니~, 사랑이 느껴지네~♪”

“그, 그게 아니라니까! 정말 그런 게 아니라!”

“흐음~? 그럼 이건 뭔데?”

“그게, 저…….”

결국 그 후, 시로는 스기사키에게 실컷 놀림당하고 말았다.

방과 후. 시로는 어제까지 다니던 하굣길의 반대 방향에 있는 버스 정류장으로 향했다.

주변에 아는 사람이 있을까 봐 주의하며 버스에 올라탔다.

테트라의 저택이 위치한 곳은 교외.

어쩌다 보니 테트라의 집에서 동거하게 되어서, 오늘부터 그곳이 시로가 돌아갈 집이 되었다.

'여, 역시 나 엄청난 일을 저지른 것 같은데……?'

흡혈귀 여자아이와 만나서, 친해지고, 납치당하고, 흡혈귀 저택에서 일하게 된다니.

골든 위크부터 급전개가 휘몰아쳐서 아직도 현실감이 없었다. 어쩐지 반쯤은 꿈을 꾸는 기분이다.

게다가…… 흡혈당할 때 시야에 들어오는 흐물흐물하게 녹은 표정, 달콤한 향기, 부드러운 피부 감촉 등을 떠올리면 남자로서 참기 어려워져서…….

술렁이는 마음을 가다듬는 사이 버스가 목적지인 버스 정류장에 멈춰 섰다.

거기서 내려 조금 더 걸어가면 테트라가 사는 저택이 나타난다.

지금 다시 보니, 그림으로 그린 듯한 '흡혈귀 저택'이었다.

밖은 높은 담에 둘러싸여 있고, 정면에는 철책으로 된 정문이 보인다.

사전에 들은 내용대로 인터폰을 누르자 메루의 목소리가 돌아왔다.

문이 열리고, 시로는 그대로 저택으로 향했다.

"어서 오세요, 시로 님."

현관문을 열자 메루가 맞이해 줬다. 귀가했더니 메이드가 반겨주는 것도 상당히 신기한 체험이다.

"다, 다녀왔습니다. ……뭔가 좀, 부끄럽네요."

"후후. 곧 익숙해지실 거예요. 시로 님의 짐은 이미 도착했으니깐 나중에 확인 부탁드릴게요."

"네."

시로가 이 저택에 살기로 한 지 아직 하루밖에 지나지 않았지만, 이미 이사 준비가 끝났다고 한다. 메루는 간단히 전달 사항을 말한 후 싱긋 웃으며 말을 덧붙였다.

"아가씨가 목을 빼고 기다리고 계시니까, 짐 놓고 방에 들러 주세요."

"테트라가요?"

무슨 일인가 해서 시로는 짐을 내려놓고 메루의 말대로 테트라의 방으로 향했다.

테트라의 방문을 노크하자 안에서 "들어오세요—" 하는 테트라의 나른한 목소리가 들려왔다.

문을 열자, 테트라는 인형을 끌어안고 침대에 누워 있었다. 어째서인지 무척 느른한 상태였다.

"뭔가요, 메루~. 오늘 공부는 다 끝냈을 텐데요~?"

테트라가 그렇게 말하며 고개를 들었다……가, 들어온

것이 시로라는 것을 인식한 순간 눈에 보이지 않을 속도로 자세를 바로 하여 침대에 앉았다.

"크, 크흠. 시로였군요. 어서 오세요."

"다녀왔어. ……무슨 일이야, 테트라? 되게 힘 빠져 보이는데."

"모, 못 본 척해주세요! 귀족 여식이 그런 느슨한 모습을 남성…… 그것도 인간에게 보이다니 추태라고요!"

테트라는 그렇게 말했지만, 시로는 피를 마시고 흐물흐물해진 테트라를 몇 번이나 본 적 있으니 지금 와서 내외할 이유는 없었다.

그런 생각을 하는 사이, 어느샌가 뒤에 와 있던 메루가 말을 얹었다.

"아가씨는 지금 한창 벌을 받고 계세요."

"벌이라니?"

"아가씨가 저번에 일이 하기 싫어서 가출한 건은 알고 계시죠? 그 건으로 어머님이 '귀족 여식이 일을 방임하고 가출하다니 언어도단!'이라고 혼내셔서, 당분간 취미인 만화와 애니메이션을 금지당하셨죠."

메루의 말을 잠자코 듣던 테트라는 입술을 삐죽이며 작게 중얼거렸다.

"뭐가 벌인가요. 얼굴도 보러 오지 않으면서……."

그 말에는 쓸쓸함이 배어있어서, 시로는 가슴이 따끔해

졌다.

"흥. 그래서 할 일도 없이 시간을 축내고 있었던 거예요. 아까까지는 쿠로랑 놀고 있었는데 잠들어 버렸고요. 그러니까 시로. 주인님으로서 명령이에요. 테트라의 심심풀이에 어울려 주세요."

"뭐 하고 놀 건데?"

"그건 시로가 생각하셔야죠. 테트라는 인간 놀이는 잘 모르거든요."

"그렇구나. 으음."

시로는 생각했다.

골든 위크 때처럼 거리로 나가기에는, 내일 등교를 생각하면 체력도, 시간도 빠듯하다.

집 안에서 논다고 쳐도, 테트라 나이대의 여자아이와 어떻게 놀아야 할지 알 수가 없었다.

그러면 집 근처나 정원 등에서 노는 게 최선일 텐데……. 그때 어릴 때 자주 했던 놀이가 떠올랐다.

"암살 놀이?"

"……지금 엄청나게 위험한 단어가 들려왔는데, 기분 탓인가요?"

"위험한 놀이는 아니야. 술래잡기 알아? 그거랑 비슷한 놀이인데, 어떻게든 상대의 등을 터치하면 승리. 간단하지?"

"흐음……. 확실히, 위험한 느낌은 아니군요."

"응. 우리 증조할아버지가 부대에서 일하셨는데 그때 훈
련으로 했던 게임이라고 들었어."

"……."

"……."

'그건 혹시 진짜 암살 훈련이었던 게 아닌지?'

테트라와 메루가 얼굴을 굳혔지만, 시로는 눈치채지 못
했다.

"어어. 어때? 테트라는 움직이는 놀이는 별로야?"

"……흠. 뭐, 괜찮겠죠. 잠깐 놀아드릴게요."

그렇게, 메루를 포함한 셋은 저택 정원으로 나왔다.

넓은 저택 정원에는 잔디가 깔려 있었다. 곳곳에 나무와
헛간 등 차폐물도 있어서 술래잡기 같은 놀이를 하기에 안
성맞춤이었다.

"암살 놀이는 서로 보이지 않는 곳에서 시작해. 내가 멀리
서 호루라기를 불 테니까 그 소리가 들리면 게임 시작이야."

"좋아요. 어디에서든 덤벼 보라고요."

시로는 저택을 끼고 정원 반대편으로 사라졌다.

그 모습을 배웅한 후, 메루는 테트라에게 말을 걸었다.

"신선하네요. 요즘은 이런 식으로 밖에서 움직일 일이
없었는데."

"흐흠. 저 녀석은 아무래도 테트라를 여동생처럼 여기고 기고만장한 것 같으니까요. 여기서 누가 위인지 알려주겠어요."

하늘을 올려다보니 태양은 이미 산 너머로 넘어갔다. 지금부터는 흡혈귀의 시간이다.

처음 하는 놀이였지만, 테트라는 이 게임에 절대적인 자신이 있었다.

애초에 신체 능력이 전혀 다르다. 흡혈귀는 밤에 인간의 몇 배나 되는 신체 능력을 발휘할 수 있고, 새까만 어둠 속에서도 달빛만 있으면 문제없이 주변을 꿰뚫어 볼 수 있다.

즉, 도망치는 것도 간단하고, 쫓아가서 잡는 것도 간단하다.

그런 생각을 하는 사이 삐익— 하는 호루라기 소리가 들렸다. 테트라는 어깨를 빙빙 돌렸다.

"자아, 어떻게 요리해 볼까요."

"자, 터치."

찰싹, 하고 시로가 테트라의 등을 때렸다.

"……어?"

무슨 일이 일어났는지 파악하지 못하고, 테트라는 눈을 깜빡이며 어느샌가 뒤에 와 있는 시로를 바라봤다.

"자, 잠깐만요?! 너, 뭔가 꼼수를 쓴 거죠?!"

"아가씨, 시로 님은 꼼수를 쓰지 않았어요."

조금 떨어진 곳에서 보고 있던 메루가 쓴웃음을 지으며 말했다.

"호루라기가 울렸을 때, 시로 님이 엄청난 속도로 달려와서 아가씨의 뒤로 돌아 터치한 것뿐이에요. 전력으로 달리는데도 아무 기척이 없다니, 몹시 기괴하군요."

"증조할아버지는 은퇴한 후에 사냥꾼 일을 하셨거든. 나도 자주 사냥에 따라갔는데, 소리나 기척을 지우는 것도 그때 배웠지."

"으, 으그극. 비겁해요, 시로! 그렇게 기습하다니!"

"테트라는 핸디캡 준다고 하면 화낼 것 같아서 말 안 했는데. 어떻게, 지금이라도 바꿀래?"

"흐, 흥! 지금은 방심한 것뿐이니까요! 인간 상대로 핸디캡 따위 절대 안 받을 거예요!"

시로는 핸디캡을 주기 위해서 실력을 보여준 것이었으나, 반대로 테트라의 투쟁심에 불을 붙이고 말았다.

쓰게 웃으며 세 사람은 2차전, 3차전을 이어 나갔다.

결과는…… 보는 그대로.

"하아…… 왜…… 왜…… 이길 수 없는 거죠……? 이상하잖아요……!"

시로는 소리도 없이 등 뒤에 와 있고, 쫓아가도 파쿠르를 하며 저택의 벽을 차고 올라가서 간단히 빠져나가고, 전혀 승산이 보이지 않았다.

"수고했어, 테트라."

잔디에 대자로 누운 테트라. 시로는 걱정스러운 눈으로 테트라의 얼굴을 들여다봤다. 테트라가 숨을 헐떡이는 데 반해 시로는 아무렇지도 않은 표정이다.

그런 시로를 보고 테트라는 불만스럽게 볼을 부풀렸다.

"목말라요. 팔, 내밀어 보세요."

"갑자기?!"

테트라는 일어나서 시로의 팔을 붙잡더니 진 복수라도 하는지 평소보다 난폭하게 덥석 물었다.

"음…… 쪼옥……."

아까까지 불만 가득하던 테트라는 뛰어다니느라 목이 말랐는지 시로의 피를 마시는 데에 집중했다.

"맛있어?"

"음…… 맛있, 어요."

테트라는 그렇게 말하며 입을 떼어냈다. 그리고 이번엔 마치 아이가 안아달라고 조르듯이 팔을 뻗었다.

"시로. 이번엔 목덜미로요."

"그래."

솔직히 메루가 보는 앞에서 하는 건 부끄러웠지만, 어리광 부리는 것이 기뻐서 자기도 모르게 흔쾌히 승낙하고 말았다.

시로가 허락하자 테트라는 기쁜 얼굴로 시로를 끌어안

고 목덜미를 덥석 물었다.

"음……♡"

행복하게 피를 마시는 테트라. 왠지 소동물이 안기는 듯한 기분이었다.

잠시 후, 만족했는지 테트라는 팔을 풀고 잔디 위에 풀썩 누웠다.

시로도 어쩐지 자연스럽게 옆에 누웠다.

"바람이 기분 좋아요……."

해는 완전히 졌고 바람이 살랑거리며 불어왔다. 테트라는 잔디밭에 누운 채로 기분 좋게 눈을 감았다.

"어때, 암살 놀이? 재밌었어?"

"……칫. 엄청 별로였어요. 결국 한 번도 못 이겼잖아요."

"그건 미안. 봐주면 테트라가 싫어할 것 같아서."

"……그래도."

테트라는 몸을 돌려 시로를 바라봤다.

"시로랑 같이 노는 건 무척 행복한 시간이었어요."

그렇게 말하며 손을 뻗어 사랑스럽다는 듯이 시로의 머리를 쓰다듬었다. 가슴이 쿵쿵 뛰었다.

"……테트라가 가족이랑 만난 적이 거의 없다는 거, 말했었죠?"

"기억해."

"테트라는 그게 줄곧 꿈이었어요. 함께 살고, 함께 놀고…… 그런 동생 같은 존재가 있었으면 좋겠다고요.”

테트라는 그렇게 말하며 부드럽게 미소 지었다.

“그러니까 시로. 앞으로도 테트라랑 사이좋게 지내 주세요.”

평소 테트라가 좀처럼 보여주지 않는 무방비한 웃음이 너무나도 귀여워서, 시로는 자기도 모르게 시선을 돌리고 말았다.

하지만 그런 시로의 태도를 보고 테트라의 표정이 어두워졌다.

“왜 눈을 피하죠? 테트라랑, 친하게 지내기 싫은가요?”

“그게 아니라…… 테트라의 표정이 너무 귀여워서.”

그 말에, 테트라는 눈을 깜빡였다.

“테트라, 그렇게 귀여운가요?”

“물론.”

“……에헤헤. 기뻐요~♪”

테트라는 완전히 풀어진 얼굴로 웃었다. 귀여웠다.

이내 테트라가 시로에게 양손을 뻗었다.

“그러면, 시로. 놀아준 보답으로 귀여운 테트라를 꼭 안아줄 기회를 드리겠어요.”

“굳이 그럴 필요는…….”

“안— 돼—요—! 테트라를 꼭 안—으—라—고—요~.”

그렇게 말하며 테트라가 먼저 품으로 들어왔다.

어쩔 수 없이 시로도 테트라의 몸을 꼭 안자, 테트라는 기쁜 듯이 "에헤헤♡" 하고 웃으며 시로의 가슴에 머리를 비비적대며 애교를 부렸다.

여자아이를 끌어안았다는 점에 두근거리기도 했지만, 그 이상으로 소동물이 안겨드는 듯한 감각이 마음을 따뜻하게 만들었다.

"음…… 왠지 졸리기 시작했어요……."

"계속 뛰어다녔으니까. 방까지 갈 수 있겠어?"

"으음~…… 힘들어요. 시로, 업어주세요."

"그래."

테트라의 몸을 떨어트려 놓고 어부바 자세를 취하자, 테트라가 등에 업혔다.

등에 닿는 부드러운 감촉에 발이 꼬일 것 같았지만 어떻게든 버텼다.

테트라를 바라보니 이미 새근새근 숨소리를 내며 편안하게 잠들어 있었다.

그런 테트라에게 메루가 조심스럽게 외투를 걸쳐줬다.

"아가씨가 정말 시로 님을 잘 따르네요."

"취해서 응석 부리는 것뿐이에요."

"취할 정도로, 시로 님의 피가 맛있다는 거겠죠."

메루가 시로의 흡혈흔에 힐끔 시선을 보냈다.

테트라가 시로의 피를 마셨을 때 취해 버리는 것은 메루에게도 상담한 내용이었다. 특히 맛있는 피를 마시면 그렇게 되는 경우가 있다고 한다.

아직 살짝 배어 나온 피에, 메루가 꼴깍 침을 삼키는 소리가 들리고 말았다.

"메루 씨도 관심 있어요?"

"······시로 님. 다른 흡혈귀가 소유한 인간에게 손을 대는 건 금지되어 있어요. 최악의 경우엔 살생으로까지 이어질 수 있으니 다시는 그런 말씀 하지 마세요."

"윽, 생각보다 빡빡하네요."

허둥대는 시로를 보고 메루는 쿡쿡 웃음소리를 흘렸다.

"아가씨가 시로 님에게 응석 부리는 건 취기 때문만은 아니라고 생각해요."

"네?"

메루는 사랑스럽다는 듯이, 시로의 등에 기대 잠든 테트라를 바라봤다.

"시로 님의 너그러운 분위기라고 할까, 포용하는 느낌이 있어요. 어리광을 끌어낸다······라고 해야 할까요."

"그런가요······?"

메루의 말을 듣고 시로는 쓴웃음을 지었다.

하지만 표정을 바로 하고 궁금했던 점을 물었다.

"······테트라는 가족과 사이가 좋지 않은가요?"

"좋다, 나쁘다로 표현할 문제가 아닙니다. 저쪽에 있을 땐 그럴 상황이 아니었거든요.”

“대체 무슨 일이 있었길래…….”

“발프레아 가문은 흡혈귀 3대 귀족 가문 중 하나. 흡혈귀의 존망을 책임지는 가문이에요. ……테트라 님이 태어난 건 흡혈귀와 인간 사이에 전쟁이 일어나기 직전이었어요.”

그렇게 메루는 이세계에서 있었던 일을 간단히 말해줬다.

테트라가 태어난 건 마침 인간과 분쟁이 격화되던 시기였고, 혹시라도 발프레아 가문의 피가 근절되는 것을 막기 위해 테트라는 부모의 품을 떠나 지방에 숨어 살았다고 한다.

부모의 얼굴조차 제대로 기억하지 못하고, 옆에 있는 건 시중을 드는 메루뿐. 그 메루도 다른 일을 처리하느라 바빠서 테트라는 어린 시절에 거의 혼자 지냈다고 한다.

“다른 친구는 없었나요?”

“있던 시기도 있었죠. 하지만 그분은 행방불명이 되었어요. 시신은 확인하지 못했지만 아마도 돌아가셨을 거예요.”

메루의 말에 시로는 말문이 막혔다.

“어쩔 수 없죠. 저희가 있던 세계는 이곳에 비해 가혹한 환경이었으니까요. 아이 하나가 사라지는 것 정도는 일상이었어요. 다만, 그 후로 아가씨는…….”

메루는 쓸쓸한 목소리로 말하며 시로에게 업힌 테트라의 머리를 살짝 쓰다듬었다.

그리고 자세를 바로 하여 시로에게 머리를 숙였다.

"시로 님. 무례한 부탁이지만, 앞으로도 아가씨를 잘 부탁드립니다."

"……네!"

시로는 힘 있게 대답했다. 이런 부탁을 받으니 왠지 메루에게 인정받은 듯해서 기뻤다.

그대로 테트라를 방으로 옮겨 침대에 눕혔다.

테트라의 새근새근 잠든 얼굴이 무척이나 귀여웠다.

그런 얼굴을 바라보니, 행복해졌으면 좋겠다. 슬프지 않았으면 좋겠다. 그런 마음이 솟아올라서 가볍게 머리를 쓰다듬었다.

'……이건 친구가 아니라 아빠의 시선인데?'

자조 섞인 웃음을 짓고 시로는 방을 뒤로했다.

테트라와 시로가 함께 지내게 된 지 보름 정도 지났을 때.

테트라는 소복소복 눈이 쌓인 숲을 걸었다.

손이 얼어서 호오— 하고 입김을 불었다. 그 손은 지금보다 한결 작았다.

걷다 보니 광장 같은 곳에 도착했다. 그곳은 테트라의 마음에 든 놀이터였고, 항상 그곳에서 혼자 놀았다.

다만 오늘은 선객이 있었다.

"……인간 남자아이?"

광장에, 모르는 인간이 쓰러져 있었다.

이 주변에선 보기 힘든 흑발에, 눈길을 걷기에는 너무나도 얇은 옷차림의 남자아이.

주변을 둘러봐도 아이의 보호자로 보이는 사람은 없었고, 아이의 얼굴도 창백했다. 확실히 목숨이 위험한 상태였다.

"크, 큰일이다!"

테트라는 그 남자아이를 짊어지고 집을 향해 뛰어갔다.

그건 테트라가 아직 어렸을 때, 부모 곁을 떠나 메루와 함께 인간의 눈을 피해 숨어 살던 시기의 꿈이었다.

당시 테트라는 매우 솔직했고, 사교적이었고, 말괄량이

였다.

메루는 바빠서 잘 놀아주지 않았고, 테트라는 자주 메루의 눈을 피해 저택 밖에 펼쳐진 숲으로 놀러 나가곤 했다.

그러던 어느 날, 숲에서 인간 남자아이를 주웠다.

"안 돼요. 원래 있던 곳에 돌려놓으세요."

"싫어! 내가 제대로 돌볼게!"

집으로 데려왔으나, 메루는 인간을 키우는 것을 반대했다.

"아가씨. 저희는 지금 인간의 눈을 피해 숨어 사는 중이에요. 그런 저희가, 아이라고는 해도 인간을 키우기는……."

"그, 그러면 내가 흡혈귀가 아닌 척할게!"

어린 시절의 테트라는 지금보다 날개가 작았고, 두꺼운 방한복을 입기까지 했다. 목도리로 입가를 가려서 송곳니와 날개가 보이지 않도록 하면 인간인 척하는 것도 어렵진 않았다.

다만…….

"내 이름은 테트라 폰 발프레아. 네 이름은?"

"□□□. □□□□?"

테트라가 열심히 간병한 보람이 있었는지 남자아이는 바로 건강을 되찾았으나…… 말이 전혀 통하지 않았다.

남자아이도 상황이 전혀 파악되지 않은 듯, 부모가 없어서 쓸쓸한지 와앙 울어댔고, 메루도 좀처럼 도움을 주지 못했다.

그래도 테트라는 열심히 남자아이를 돌봤다.

"잘 들어. 나를 누나라고 부르는 거야."

"□□□□?"

"그게 아니라, 누나."

"□□□ 누나?"

"그래! 다시 불러 봐. 누나."

"누나!"

원래 활발하고 붙임성 있던 테트라는 바로 남자아이와 친해졌다. 돌보는 사이 정이 들어서 마치 남동생처럼 귀여워했다.

그 남자아이가 너무 좋았고, 함께 노는 게 즐거웠고…… 어쩌면 그게 테트라의 첫사랑이었을지도 모른다.

하지만 이별은 갑작스럽게 찾아왔다.

"어디, 간 거야……?"

남자아이가 사라져 버렸다. 마치 갑자기 존재가 지워진 듯이, 흔적도 없이 사라지고 말았다.

하지만 이 세계에선 아이 한 명이 사라지는 게 드문 일이 아니다. 납치범에게 납치당하는 건 온건한 편이고, 숲 어딘가에서 얼어 죽거나, 몬스터에게 잡아먹히는 것도 충분히 가능성 있는 곳이었다.

메루도 아이를 찾는 것을 도와줬지만 3일이 지났을 땐

남자아이가 사망했으리라고 결론지었다.

——거기서 끝이었다면 차라리 다행이었다.

테트라는 포기하지 않고 인간 마을까지 내려가 남자아이를 찾으려 했다.

마을 사람들에게 물어보며 돌아다니다 보니, 남자아이를 보호했다는 남자가 곧바로 나타났다.

테트라는 크게 기뻐하며 의심도 하지 않고 남자의 뒤를 쫓아갔다가…… 잡히고 말았다.

노숙자들이 잔뜩 모인 뒷골목까지 끌려가서, 사각지대에 숨어 있던 남자가 휘두른 각목에 머리를 세게 얻어맞았다. 쓰러진 테트라 위로 올라탄 남자가 팔을 묶었다.

'도와줘'라고 외쳤지만 아무도 도와주지 않았다. 그뿐만 아니라 수많은 남자에게 둘러싸여 맞았고, 소란을 피우면 죽이겠다고 협박당하고…… 머리에 봉투가 씌워졌다.

——테트라는 그대로 인신매매상에게 팔려 갔다.

흡혈귀에게 무슨 짓을 해도 법으로 처벌받지 않는다.

더군다나 흡혈귀 중엔 외모가 뛰어난 자가 많았고, 특히 여성형은 인간 귀족 사이에서 고가로 거래되었다.

[이건 상등품이군. 비싸게 팔리겠어.]

[너무 어리지 않나?]

[바보 녀석. 변태 귀족들은 이 정도를 좋아한다고.]

[몸에 상처 내지 마. 소중한 상품이니까.]

거칠게 다뤄지지는 않았다.

하지만 좁은 우리에 갇혀 인간들의 천박한 시선을 받는 건 테트라의 마음에 트라우마로 각인되기에 충분했다.

다행히 큰일이 일어나기 전에 메루가 구하러 와 줬기에 무사히 빠져나갈 수 있었다. 하지만 그 후, 솔직하고 붙임성 있던 테트라는 변하고 말았다.

†

"냐앙?"

어쩐지 걱정스러운 듯한 고양이의 울음소리가 들렸다.

"으음……?"

테트라는 침대 속에서 눈을 떴다. 눈앞에서 반려 고양이 쿠로가 테트라의 얼굴을 빤히 들여다보고 있었다.

"냐오……."

쿠로는 얼굴을 가까이하더니 테트라의 눈가를 핥았다. 그래서 테트라는 자신이 울고 있었다는 걸 알아챘다.

"걱정해서 깨워준 건가요? ……후후. 고마워요, 쿠로."

미소 지으며 쿠로의 머리를 쓰다듬었다. 오랜만에 어릴 적 꿈을 꿨다.

침대 위에 앉아 꿈 내용을 되새겼다.

그 사건 이후로, 테트라는 타인과 자신 사이에 벽을 쌓았다.

다시 좋아하는 사람이 생기는 게 무서워서, 차가운 말투를 쓰게 되었고.

어느샌가 그러는 게 자연스러워져서, ……친구를 한 명도 사귀지 못했고…….

……그때였다. 똑똑 문을 두드리는 소리가 들려왔다.

"테트라. 일어났어?"

"자, 잠깐 기다리세요!"

시로의 목소리에 테트라는 서둘러 옷소매로 눈물을 닦고 허둥지둥 일어나 자기 얼굴을 확인하러 거울 앞에 섰다.

다행히 눈물 자국은 남지 않았다. 침대에 다시 앉아 자세를 바로 하고 아무 일도 없었던 표정으로 "들어오세요"라고 대답했다.

문이 철컥 열리고 시로가 문틈 사이로 고개를 내밀었다.

"좋은 아침. 테트라."

"좋은 아침이에요. 무슨 일인가요?"

"메루 씨가…… 테트라 괜찮아? 왠지 힘이 없어 보여."

"……아뇨. 아무 일도 없었어요. 기분 탓 아닌가요?"

포커페이스를 유지했는데 바로 들켰다. 테트라는 얼버무리며 대답했다.

하지만 그때 쿠로가 낮게 "냐오—……" 하고 울었다.

그러자 시로의 얼굴이 바로 어두워지더니 걱정스러운 눈으로 테트라를 바라봤다.

"울었어?"

"네?! 어, 어떻게 안 거죠?!"

"쿠로가 '테트라 울었어'라고……."

"자연스럽게 고양이 언어로 소통하지 말라고요!"

테트라는 어쩔 수 없다는 듯이 한숨을 쉬었다.

"그냥, 잠깐 옛날 꿈을 꾼 것뿐이에요."

"……괜찮으면 이야기 들려줄래?"

"들어도 재미있는 이야기는 아닌데요."

그렇게 말했지만, 시로는 걱정스러운 표정을 거두지 않았다.

"……하아. 그래요. 이쪽으로 오세요."

그렇게 말하며 테트라는 자신의 옆자리를 툭툭 두드렸다.

"테트라가 어렸을 때, 친한 친구가 있었어요. 그런데 그 아이가 사라져서……."

시로가 앉자, 테트라는 그렇게 요점을 간추려 말하기 시작했다.

'말해도 괜찮을까?'라고 생각한 건 테트라의 변덕이었다.

시로가 너무나도 올곧게 걱정스러운 시선으로 바라보니까, 거기에 부응하지 않는 건 올바르지 않다고 생각했을 뿐이다.

이미 시간이 많이 지나서 마음의 상처도 나았다. 그렇게 생각하며 시로에게 많은 이야기를 간단히 꺼낸 것이었는데…….

"얼마나 힘들어쓸까아아…….'

이야기를 마치자, 시로가 펑펑 울었다. 너무 오열해서 테트라가 당황할 정도였다.

"아니, 그렇게 펑펑 울 정도는 아니잖아요?"

"테트라가…… 테트라가아…….'

흐느끼는 시로의 등을 쓰다듬으며 '이건 무슨 상황이죠?'라며 쓴웃음을 지었다. ……하지만 이상하게도 불쾌한 기분은 아니었다.

잠시 후, 시로는 눈물을 쓱쓱 닦으며 테트라의 손을 잡았다.

"내가 테트라를 아껴줄게!"

갑자기 손을 잡혀서 눈을 동그랗게 뜬 테트라에게 시로가 힘차게 선언했다.

"앞으로도 계속 친구로 있을게. 그러니까…….'

"네, 네, 알았어요! 알았다고요!"

왠지 부끄러워서 자기도 모르게 퉁명스럽게 대답했다.

하지만 시로는 테트라를 똑바로 바라봤다.

그 눈이 맑아서, 의심하는 게 바보 같을 정도로 곧아서, 진심으로 자신을 생각해 준다는 것이 전해져왔다.

시로의 모습과 기억 속 남자아이의 모습이 겹쳤다.

만일 그 아이가 지금도 자신의 옆에 남아서 이렇게 말했다면. 그런 생각이 순간 머릿속에 스쳐 지나가…….

“……어, 어라?”

테트라의 눈에서 눈물이 흘러나왔다.

“어? 왜, 왜지?”

자기도 왜 눈물이 흐르는지 알 수 없었다. 서둘러 옷소매로 닦았지만, 눈물은 그치지 않았다.

그런 테트라를 보고 시로는 팔을 뻗어 테트라를 품에 꼭 안았다.

“뭐, 뭐죠! 성희롱이에요!”

불평했지만 시로는 놓아주지 않았다.

시로의 몸은 따뜻했다. 쿵쿵 뛰는 심장 소리가 들려왔다. 그게 왠지 편안하게 느껴졌다.

“…….”

반쯤 무의식적으로 테트라도 시로를 끌어안았다.

그러자 시로도 끌어안은 팔에 더욱 힘을 줬다.

그게 아늑하고, 행복해서…… 어째서인지 눈물이 계속 흘렀다.

“……훌쩍…… 히끅…….”

결국 흐느끼기 시작한 테트라를 시로가 상냥하게 쓰다
듬었다.

부끄러웠지만 눈물이 전혀 그치질 않아서…… 테트라는
그대로 시로의 품에서 계속 울었다.

"……괜찮아?"

"괜찮아요."

한참 울다가 겨우 눈물이 그치자, 시로가 몸을 떼어놓았
다. 테트라는 뾰로통한 얼굴로 시로를 올려다봤다.

"예고도 없이 여자아이를 안다니, 성희롱이에요."

"미안."

"흥. 오늘 밤 흡혈 시간엔 잔뜩 마실 테니까 각오하세요."

왠지 부끄러워서 불쾌한 척 고개를 돌렸다.

계속 마음속에 있었던, 자신조차 깨닫지 못했던 상처가
이런 식으로 드러날 줄은 생각도 못 했다.

생각해 보면 처음 만났을 때도 말 걸지 말라는 분위기를
풀풀 풍겼는데 시로는 아무렇지 않게 말을 걸었다.

분위기를 파악하지 못한다고 해야 하나, 시로는 자신이
아무리 두꺼운 벽을 쌓아도 손쉽게 제 옆에 와 있었다.

처음엔 그걸 귀찮다고 생각했지만, 그게 점점 싫지 않
았다.

지금은 이렇게 같이 있는 게 기분 좋다고까지…….

시로를 흘끔 쳐다보니, 시로는 테트라의 얼굴을 빤히 바라보고 있었다.

“뭐, 뭐죠? 테트라의 얼굴에 뭐가 묻었나요?”

“아니…… 테트라. 기운 차린 것 같아서 다행이다.”

그렇게 말하며 시로는 진심으로 기쁘다는 듯이 웃었다.

순간, 테트라는 가슴이 두근거리는 것을 느꼈다.

‘…………아니, 왜 두근거리는 거죠?!’

테트라의 얼굴이 순식간에 새빨개졌다. 잠깐이라도 시로 상대로 두근거렸다는 사실을 인정하고 싶지 않았다.

“테트라?”

“아, 아니에요! 테트라는 그렇게 가볍지 않다고요!”

“가볍다니? 뭐가?”

“──읏! 아무것도 아니에요! 아무것도 아니라고요!”

‘캬악─’ 하고 위협하며 얼버무렸다. 얼굴이 뜨거워서 볼을 부풀리며 시로를 노려봤다.

“……너는, 뭔가 그런 에피소드는 없나요?”

“나?”

“테트라만 이런 이야기를 하는 건 불공평하잖아요! 너도 뭔가 있으면 말해 보세요!”

부끄러움을 숨기기 위해 그런 말을 했다. 그러자 시로는 볼을 붉히며 시선이 흔들렸다.

© Kani Biimu

“없지는 않지만…….”

“오? 뭐죠? 들어줄 테니 말해 보세요.”

시로의 반응에 테트라가 흥미를 보이며 그렇게 말하자, 시로는 “어릴 적 이야기라 자세히는 기억 안 나”라고 서두를 붙이며 이야기를 시작했다.

“우리 본가에 뒷산이 있거든. 그 동네 사람들은 영산이라고 불렀는데, 어릴 때 거기에서 실종된 적이 있었어.”

“……갑자기 엄청난 이야기가 튀어나오네요.”

그대로 시로는 이야기를 이어 나갔다.

시로가 어릴 적, 영산에서 놀다 보니 갑자기 생전 처음 보는 짙은 안개가 끼었다고 한다.

뻗은 손이 안 보일 정도의 짙은 안개. 무서워서 손으로 더듬거리며 돌아가 보려고 했지만 어느샌가 주변은 눈으로 뒤덮인 풍경이 되었다.

추웠고, 제대로 된 방한복을 입지 않았던 시로의 몸은 눈 깜짝할 새에 식었다. 손과 발이 꽁꽁 얼었고, 쓰러졌고, 움직일 수 없었고…… 그대로 죽는 게 아닐까 생각했던 때였다.

“$\Delta\Theta\Psi,\ \Omega\mathrm{P}\Upsilon\Sigma\Lambda\Omega\Delta\Theta$?”

목소리가 들렸다. 그쪽으로 시선을 돌리니, 또래 여자아이가 자기 얼굴을 들여다보고 있었다.

"도와…… 줘……."

"Δ, ΔΡΘΣΛΥΨΩΠ!"

무슨 말인지는 몰랐지만, 도움 요청은 전해진 듯했다. 그 여자아이는 시로를 업더니 필사적으로 집까지 달려갔다.

그 후로 건강해질 때까지 그 여자아이가 딱 붙어서 시로를 보살펴 줬다.

추위를 많이 타는지 집 안에서도 항상 목도리를 두르던 귀엽고 상냥한 여자아이.

돌아갈 방법도 모르고 말도 통하지 않는다. 하지만 그 아이가 항상 상냥하게 웃어 줘서, 시로도 그 아이가 바로 좋아졌고, 두 사람은 친해졌다.

이야기를 들으며 테트라의 눈은 동그래졌다.

'어? 어?!'

시로가 지금까지 한 이야기가 전부, 테트라가 남자아이와 만났을 때의 추억과 일치한 것이다.

처음엔 시로가 장난을 치는 줄 알았으나, 시로는 테트라가 말하지 않은 부분까지 알고 있었다. 테트라의 마음속엔 대혼란이 찾아왔다.

"그, 그래서? 그 후로 어떻게 되었나요?"

"이상하게도 그 부분이 기억이 안 나. 그냥 어느샌가 원래 있던 곳으로 돌아와 있었어. 나중에 할머니한테 들었는데, 그렇게 산에서 이유 없이 실종된 아이들은 사라졌을 때의 기억을 거의 떠올리지 못한대.”

“그래도요! 뭔가 떠오르지 않나요? 그 시로를 구해 준 여자아이의 특징이라거나, 이름이라거나.”

“이름…… 같았던 건 기억하고 있긴 한데…….”

시로의 가벼운 대답에, 테트라는 안심되는 듯도, 아쉬운 듯도 한 복잡한 기분이 들었다.

이름을 똑똑히 기억한다면 처음에 자신이 자기소개를 했을 때 뭐든 반응이 있었을 것이다. 그러지 않았다는 건 역시 다른 사람이란 뜻이겠지.

그렇게 생각하며 테트라는 이야기를 재촉했다.

“흐음. 그래요? 그 아이 이름은 뭐였나요?”

“그 애는 자길 가리켜 ‘네페’라고 했었어.”

“……네?”

테트라가 얼이 빠진 듯한 목소리를 냈다.

그리고 의미를 이해하자, 곧바로 얼굴이 새빨개지고 말았다. 심장이 쿵쿵 소리를 내며 날뛰기 시작했다.

“왜, 왜 그래 테트라?! 갑자기 얼굴이 빨개졌는…….”

“──! ──! 가, 갑자기 할 일이 생각났어요! 당장 방에서 나가 주세요!”

“어, 어어?”

테트라는 그렇게 말하며 반쯤 강제로 시로를 방에서 내쫓았다.

뒤돌아 문을 닫은 후, 가슴에 손을 얹고 그대로 주르륵 바닥에 주저앉았다.

──'네페'는, 테트라가 있던 세계의 말로 '누나'라는 의미였다.

그리고 테트라는 그 남자아이에게 자신을 누나라고 부르게 했다.

'시, 시로가 그때의 남자아이……?'

아직 반신반의 상태였지만 상황을 보면 그렇게 생각할 수밖에 없었다.

정말 좋아했던 친구고, 소꿉친구고, 자신의 첫사랑일지도 모르는 남자아이. 만일 정말 시로와 그 아이가 동일 인물이라면 자신들은 너무나도 운명적으로 재회하게 된 것이었고…….

'그, 그게 확실한 건 아니니까요! 마, 만일 맞더라도 그게 뭐 어때서요! 그건 어릴 때 이야기고, 지금 재회했다고 해서 그런…….'

머리로는 그렇게 생각했지만, 심장은 아플 정도로 쿵쿵 뛰었다.

'그, 그런 게 아니라고요──!'

테트라는 그날, 침대에서 하루 종일 발버둥을 쳤다.

시로가 테트라의 저택에서 살게 된 지 한 달이 지났다.

"다녀왔습니다—."

그렇게 말하며 저택의 현관문을 열었다. 저택에 돌아와 '다녀왔습니다'라고 인사하는 것도 제법 익숙해졌다.

"시로, 어서 오세요."

저택 안에서 테트라가 도도도 나왔다. 그리고 막 귀가한 시로의 팔을 잡아당겼다.

"자, 빨리 테트라의 방으로 오세요. 잔뜩 연습했으니까, 오늘이야말로 테트라가 이길 거예요."

얼마 전, 메루가 둘이 놀 수 있도록 게임을 사 줬는데, 테트라는 거기에 푹 빠져 버렸다. 시로가 돌아오면 이렇게 승부를 걸곤 했다.

게임이 동기긴 하지만, 이렇게 자신의 하교를 기다려 주는 건 솔직히 기뻤다.

방에 들어서자, 테트라가 곧장 휴대용 게임기를 건넸다.

그리고 둘은 침대에 나란히 앉아 플레이를 시작했다.

"오늘은 지지 않겠어요."

둘이 플레이하는 건 모 배관공을 주인공으로 한 레이스 게임. 테트라는 스타트 하자마자 풀 액셀을 밟으며 제1 코너로 돌격하더니…… 코너를 미처 다 돌지 못하고 추돌 사고를 내고 말았다.

테트라는 솔직히 말해 게임을 못했다. 동시에 시작한 시로에게 전혀 이기지 못했다.

하지만 이세계에서 온 테트라는 게임을 조작하는 것 자체가 즐거운지 매일 시로에게 대결을 졸랐다. 그리고 져도 즐거운 표정의 테트라를 상대하는 건 시로에게도 즐거운 일이었다.

"기—다—리—세—요—!"

게임 중엔 테트라가 조종하는 녹색 공룡이 버섯을 따곤 폭주했다.

급커브를 돌 때마다 테트라의 몸이 좌우로 흔들렸다. 테트라는 레이스 게임을 할 때 몸까지 같이 움직이는 타입인 듯했다.

그리고 급커브를 돌 때, 테트라가 시로의 무릎 위로 풀썩 쓰러졌다.

갑자기 다가온 테트라에게 무릎베개를 해 주는 경험.

자기도 모르게 동요하여, 시로가 조작하던 캐릭터가 코스를 벗어나 바다로 거꾸로 떨어졌다.

결국 그 실수로 인해 드디어 테트라가 시로를 상대로 첫 승리를 거머쥐었다.

"흐흥. 테트라의 승리네요, 시로?"

"응. 그러네."

몸을 틀어 시로를 올려다보며 당당한 표정을 짓는 테트라를 보고, 시로는 미소 지으며 그렇게 대답했다.

"우으…… 너는 좀 더 억울해하라고요. 이러면 테트라가 애 같잖아요."

볼을 빵빵하게 부풀리는 테트라가 귀여워서 시로는 조용히 테트라의 머리를 쓰다듬었다.

"음…… 뭐예요. 간지러워요."

테트라는 그렇게 말하면서도 시로의 손길을 뿌리치지 않았다. 싫지는 않은지 쓰다듬을 그대로 받아들였다.

시로가 쓰다듬을 때마다 기분 좋은 듯이 눈을 가늘게 뜨는 테트라가 마치 고양이 같아서 더욱 사랑스러움이 짙어졌다.

그때 찰칵, 하는 소리가 났다.

고개를 들어보니 어느샌가 방에 들어온 메루가 두 사람을 향해 카메라를 들고 있었다. 아무래도 사진을 찍은 듯했다. 테트라가 허둥대며 일어났다.

"대체 뭘 찍은 거예요, 메루!"

"어머님께 보고드리려고요. 인간과 어떻게 지내는지 보고하라고 하셔서요."

"그, 그렇다고 이런 장면을 찍으면 어떡해요!"

"아뇨. 이럴 때야말로 방심한 모습을 찍어야죠. 후후. 아가씨. 요즘은 완전히 예전의 응석받이로 돌아오셨군요."

얼굴을 새빨갛게 물들이는 테트라를 보고 메루가 쿡쿡 소리를 내며 유쾌하게 웃었다.

"그런데 정말 두 분은 사이가 좋네요. 마치 오빠와 여동생을 보는 것 같아서 훈훈해요."

"그건 납득할 수 없어요! 테트라가 누나고 시로가 남동생이죠!"

"어머. 시로 님과 남매 취급 받는 건 괜찮군요?"

"……——읏!!"

얼굴을 더욱 붉게 물들이며 바들바들 떠는 테트라를 보고 지금이 좋은 타이밍이라고 생각했는지, 메루는 "그런데 말이죠"라며 화제를 바꿨다.

"오늘은 아가씨에게 좋은 뉴스가 있어요."

"그런 말로 테트라는 넘어가지 않아요!"

"어머님께서 아가씨의 스마트폰 소지를 허가하셨습니다."

"……정말인가요?!"

테트라는 표정을 확 밝히며 순식간에 기분이 좋아졌다. 쉬운 아이였다.

하지만 그도 그럴 터. 테트라는 예전부터 계속 스마트폰을 원했지만, 어머니에게 좀처럼 허가받지 못하던 참이었다.

하지만 요즘은 인간 세계에 관한 보고서를 성실히 제출했고, 인간인 시로와 친하게 지낸다는 점이 좋은 평가를 받은 듯했다.

“다만, 마지막 시련이 남아 있어요.”

“시련이라니요?”

“스마트폰 계약은 시로 님과 단둘이 판매점에 가서 직접 하셔야 합니다. 아울러서, 시간대는 낮으로 지정하셨습니다.”

“네?”

테트라는 눈을 끔뻑였다.

“테트라가 직접 가야 한다고요?”

“네. 발프레아가의 가훈, ‘가치 있는 것에는 상응하는 대가를’이란 것은, 반대로 말하자면 ‘원하는 것을 얻으려면 상응하는 시련을’이란 뜻도 되죠. 모든 것을 그냥 받기만 한다면 성장할 수 없어요. 아가씨도 스마트폰을 원한다면 상응하는 시련을 뛰어넘으셔야 합니다.”

“윽, 이것도 노블레스 오블리주인가요.”

“그건 아닐걸?”

시로는 쓰게 웃으며 궁금했던 점을 물었다.

“그런데, 낮에 외출해도 괜찮아? 흡혈귀는 햇빛에 약한 거 아니었어?”

만화에 나오는 흡혈귀처럼 햇빛을 받으면 재로 변하는 수준은 아닌 듯했지만, 실제로 흡혈귀는 햇빛에 약하다고 한다.

햇빛을 받으면 점점 몸이 쇠약해지고, 심하면 자칫 죽을 수도 있다나.

시로가 걱정스럽게 물어보자, 테트라는 의외로 가벼운 얼굴로 "괜찮아요"라고 대답했다.

"흐흥. 테트라는 데이라이트 워커거든요."

"데이…… 그게 뭔데?"

"흡혈귀 중에서도 특히 햇빛에 내성이 강한 흡혈귀를 부르는 말이에요. 쉽게 볼 수 없는 특별한 체질이라는 거죠!"

에헴, 하며 자랑하듯이 가슴을 펴던 테트라는 자조하듯이 웃더니 작게 한숨을 쉬었다.

"뭐, 테트라가 교류 사업으로 일본에 보내진 것도 '너라면 인간 사회에서 지내기 쉽겠지'라는 이유도 있어서 조금 복잡한 기분이지만 말이에요."

"그렇구나. 그러면 나는 운이 좋았네. 그 체질 덕분에 테트라와 만날 수 있었으니까……."

"자, 잘도 그런 대사를 부끄러움도 없이 말하는군요!"

테트라는 볼을 살짝 붉히며 고개를 돌렸다.

그런 테트라의 반응에 메루는 "어머~" 하며 작게 탄식했다.

"메루, 하고 싶은 말이 있나요?"

"아뇨, 아무것도 아니에요. 우후후♪"

"?"

메루는 기쁜 듯이 생글생글 웃으면서 시로에게 시선을 보냈다.

"내성이 있다고 해도 아예 괜찮은 건 아니지만, 온몸에 특수한 자외선 차단제를 바르면 그렇게까지 걱정하지 않아도 돼요. 그러니 시로 님, 이번 휴일에 부탁드려도 될까요?"

"네, 물론이죠."

"참고로, 시로 님도 이번 기회에 스마트폰을 계약해 주셔야겠습니다. 요금은 저희가 낼 겁니다."

"네? 저도요?"

"네. 시로 님도 스마트폰이 없으시잖아요? 앞으로 연락이 되지 않으면 여러모로 불편할 테니까요. 좋은 기회 아닌가요?"

"하지만 요금을 내주는 건……."

"시로 님. 업무상 필요한 물품입니다. 일에 쓰는 유니폼을 받았다고 생각해 주세요. 물론……."

메루는 거기까지 말한 후, 이야기가 길어져서인지 지루해하며 시로에게 기댄 테트라의 모습을 흐뭇하게 바라보며 눈웃음을 쳤다.

"아가씨와 친해진 보상이기도 합니다."

그 말에 테트라는 다시 얼굴을 새빨갛게 물들이며 시로에게서 떨어졌다.

어쨌든, 이번 휴일은 테트라와 둘이 스마트폰을 계약하러 가는 것으로 일정이 정해졌다.

†

핸드폰 판매점 근처까지는 버스로 이동했다.

"이게 버스군요. 처음 타 봐요."

그렇게 말한 테트라는 후드가 달린 파카를 입고 백팩을 멘 차림이었다.

원래는 시로의 옷이었지만, 흡혈귀의 특징을 감추기에 편하다면서 요즘은 아예 테트라의 외출복이 되었다.

창가 자리에 앉은 후 버스가 움직이자, 테트라는 눈을 반짝이며 흘러가는 풍경을 구경했다.

……처음에 둘이 시내로 나갔을 땐 계속 긴장한 모습이었는데, 지금은 긴장감을 찾아볼 수 없었다.

전보다 자신을 더 신뢰하게 되었기 때문일까. 그런 생각을 하니 입꼬리가 느슨해졌다.

잠시 달리던 버스가 다음 정류장에 멈춰서자 새로운 승객이 탑승했다.

"어라? 아카츠키 군이잖아?"

그 목소리에 고개를 들어보니 같은 반의 스기사키가 있었다.

"스, 스기사키?!"

"우연이네. 이런 데서 만나다니."

"그러게. 별일이네……."

스기사키의 시선이 잠시 옆에 앉은 테트라로 옮겨갔다. 하지만 바로 시로에게 돌아왔다. 아마도 우연히 옆에 앉은 사람이라고 인식한 듯했다.

하지만 처음 만난 상대를 경계했는지 테트라가 시로의 옷을 꼭 붙잡았다. 그것을 알아챈 스기사키가 눈을 동그랗게 떴다.

"아카츠키 군. 그 애는 누구야?"

"치, 친척이야! 시골에서 놀러 와서 안내하고 있어."

"그래? 얘, 안녕! 나는 아카츠키 군의 절친인 스기사키야. 잘 부탁해!"

"………테트라 폰 발프레아예요."

테트라가 중얼거리듯이 대답했다. 누가 들어도 외국인 이름이다. 친척이라는 설정이 벌써 깨졌다.

스기사키는 눈을 끔뻑이더니 다시 시로를 바라봤다.

그 시선이 시로의 목덜미…… 마치 키스 마크와 닮은 흡혈흔으로 향했다.

스기사키는 빙긋 웃더니 시로의 귓가에 슬쩍 다가가 속삭였다.

"설마, 얘가 그 아카츠키 군의 애인?"

"아, 아, 아, 아니야! 그런 게!"

"외국인 여자친구라니, 제법이네—♪"

"아니라니까."

"후후후, 괜히 감추기는~. 데이트 방해 안 할 테니까, 나중에 자세히 말해 줘♪"

그렇게 말하며 스기사키는 히죽거리며 뒤쪽 좌석으로 향했다.

한편, 테트라는 눈을 반만 뜨고 시로를 바라봤다.

"……무슨 이야기를 한 거죠?"

"딱히, 잡담이야."

"……친구인가요?"

"학교 친구이긴 하지."

"……여자네요?"

"분류하자면, 그렇지."

"……귀엽고요."

"그, 테트라?"

"뭐죠?"

테트라는 볼을 빵빵하게 부풀렸다. 확실히 불만스럽단 표정이다.

"화났어?"

"딱히 화나지 않았어요. 그러네요. 시로에게도 친구 한 명쯤은 있겠죠. 인간이고, 여자인."

"저기?"

"흥! 딱히 억지로 테트라와 어울릴 필요 없어요. 인간은 인간끼리, 사이좋게 대화라도 나누는 게 어떨까요?"

“아니야. 오늘은 테트라의 외출에 동행하는 게 내 일이니까.”

“흥! 일, 그래요, 일이죠! 시로가 테트라와 같이 있는 건 일이라서 그런 거죠! 흥!”

테트라는 불만스럽게 고개를 돌리고 말았다.

“저기, 테트라…….”

“또 뭐죠?”

“그 혹시…… 질투해?”

“무슨……?!”

돌아본 테트라의 얼굴이 점점 빨개졌다.

“누, 누가 너 때문에 질투한다는 거죠?! 정말 오만한 말이군요!”

“그런 거 아니야. 나는 그냥…… 스기사키는 친구지만, 나한테 가장 소중한 친구는 테트라니까 크게 신경 쓰지 않았으면 좋겠다고 말하고 싶었어.”

그 말에 테트라는 눈을 깜빡였다. 그리고 새빨개진 채로 다시 창문 방향으로 고개를 돌렸다.

“……그건 반칙이잖아요.”

“응? 뭐가?”

“아무것도 아니에요!”

테트라는 결국 목적지의 버스 정류장에 도착할 때까지 시로에게서 고개를 돌린 채였다.

그 후 두 사람은 무사히 핸드폰 판매점에 도착했다.

죽 늘어선 스마트폰 중 어떤 게 좋을지를 골랐다.

"시로. 기종은 같은 거로 해요."

"같은 거로?"

"네. 그러면 잘 모르는 부분도 서로 알려줄 수 있고요."

"그렇구나. 그럼 커플폰이네?"

"이, 이상한 말 하지 마세요! 그런 의도로 말한 건 아니 거든요!"

얼굴이 새빨개져서 화내는 테트라를, 점원이 '어머나, 우후후' 하며 흐뭇한 표정으로 바라봤다.

여하튼 두 사람은 첫 스마트폰을 고르고 계약을 위한 수속을 진행했다.

테트라는 일본어를 읽을 수 있지만 쓰는 건 어렵다고 해서, 미리 메루가 챙겨준 메모를 참고로 하여 시로가 서류를 대필했다.

테트라가 흥미진진한 표정으로 손을 들여다봤다.

"저기? 테트라? 그렇게 빤히 안 봐도 내가 제대로 쓸 수 있어."

"이건 테트라의 공부를 위한 거니까 신경 쓰지 마세요. 필요한 건 제가 직접 쓸 수 있었으면 좋겠거든요."

테트라는 계약서에 적히는 글자를 열심히 눈으로 좇았다.

"그런데 시로는 글씨를 잘 쓰는군요?"

"할머니가 시골에서 서예 교실…… 그러니까, 글씨를 잘 쓰는 연습회 같은 걸 열었거든. 나도 어릴 때부터 배웠어."

"흐음…….'

같이 살게 된 후로 알게 된 사실인데, 테트라는 제법 공부에 열성적이었다. 이것도 공부로 간주하는지 열심히 시로가 적는 내용을 지켜봤다.

다만 너무 열심히 보는 탓에 얼굴이 가까웠다.

살포시 풍겨오는 여자아이의 달콤한 향기.

그 향기와 이 거리감. 시로의 머리에는 자연스럽게 흡혈하는 테트라의 모습이 떠오르고 말았다.

테트라의 집에서 지내게 된 이후로 매일 밤 테트라에게 피를 내어주고 있는데, 테트라는 매번 취해서는 애교를 부리거나 어리광을 부리곤 해서…….

시로도 한창 나이대의 남자다 보니 어쩔 수 없이 여러모로 마음이 복잡해져서…….

"음? 시로, 왜 그러죠? 아까부터 글씨가 떨리는데요?"

"크흠, 조금 긴장했나 봐."

"왜요?"

"……테트라랑 이렇게 가까이 있으니 두근거려서."

그 말에 테트라는 곧바로 얼굴을 새빨갛게 물들이며 거

리를 뒀다.

"무, 무, 무, 무슨 바보 같은 소리를 하는 건가요?! 역시 너는 변태예요!"

"테트라처럼 귀여운 여자아이가 근처에 있으면 두근거리기 마련이라고! 따, 딱히 내가 특별히 변태인 게 아니라!"

"귀, 귀엽?! ──웃, 저, 정말! 알았으니까 쓰던 거 계속 쓰세요!"

"그, 그래."

시로는 서류로 의식을 돌렸고, 테트라는 조금 떨어진 곳에서 머리로 김을 내뿜었다.

"……."

하지만 잠시 후, 테트라가 다시 조금씩 다가왔다.

"저기, 테트라?"

"착각하지 마세요. 공부를 위한 거니까요."

그렇게 말하며 두 사람의 팔이 닿을 정도의 거리에 앉았다.

시로의 심장이 두근두근 뛰어서 다시 글씨가 흔들렸다.

그 모습을, 테트라는 왠지 기쁜 표정으로 바라봤다.

그 후, 두 사람은 핸드폰 판매점을 나왔다.

스마트폰을 얻어서 기분이 들떴는지 테트라와 나란히 서

서 잡담을 나누며 걸어갔다. 그런 시간이 매우 편안했다.

버스 정류장이 가까워졌다. 하지만 시로는 그게 아쉽게 느껴졌다.

저택에서 테트라와 느긋하게 시간을 보내는 것도 물론 즐겁지만, 이렇게 둘이 외출하는 건 또 다른 즐거움이 있어서, 그게 끝나는 게 왠지 아쉬웠다.

그래서 시로는 용기를 쥐어 짜냈다.

"저기, 테트라. 그…… 괜찮으면 차라도 마실까?!"

"네?"

갑작스러운 제안에 테트라는 시로를 멀뚱히 바라봤다.

"목이 마르나요? 음료라면 이 근처 자판기에서도 살 수 있는데요?"

"아니, 그게 아니라! 그…… 데이트…… 요청인데…….

"데이트? ……데이트?!"

그 말의 의미를 이해한 테트라의 얼굴이 점점 빨갛게 물들었다.

"데, 데, 데, 데, 데이트란 건 그거죠. 가까운 사이의 남녀가 같이 어딘가로 외출하는 그거 말이죠?"

"그렇지."

"그 말은 즉…… 시로는, 그런 의미로, 테트라와 차가 마시고 싶다는 건가요?"

"……응."

테트라는 얼굴을 새빨갛게 물들인 채로 입을 뻐끔거렸다.

"싫으면 거절해도 돼."

"시, 싫지 않아요!"

테트라는 서둘러 부정했다. 하지만 바로 정신을 차리더니 허둥대기 시작했다.

"아니, 싫지 않다는 건 정말 싫지 않다는 뜻이고, 결코 테트라가 너와 데이트하고 싶다는 뜻은 아니에요."

"……알았어."

"아, 정말! ……조, 좋아요. 시로와 데이트 해주도록 하죠!"

"정말?!"

"몇 번이나 말하게 할 거예요? 그리고 말이죠! 이건 어디까지나 평소 신세를 진 보답의 의미고! 이상한 의미는 전혀 없이 어디까지나 친구로서 하는 데이트니까요! 연인으로 하는 데이트는 아직 멀었으니까요!"

"……아직?"

"──읏! 그, 그냥 설명을 위해서 한 말이에요! 일일이 반응하지 마세요!"

"죄송합니다?!"

그런 대화가 이어져서 둘은 시간이 지나서야 진정할 수 있었다.

"그래서, 어디로 갈 건데요?"

"……미안. 딱히 계획한 건 없어."

"무계획인가요. 어쩔 수 없죠. 그러면 적당히 돌아다녀
볼까요."

"미안."

"딱히 사과할 필요는 없어요. ……시로랑 같이 돌아다니
는 것도 즐거우니까요."

이게 얼마나 사춘기 소년을 두근거리게 만드는 말인지
모르는 걸까. 테트라는 그런 말을 아무렇지 않게 꺼냈다.

그래서 두 사람은 이야기한 대로 길거리를 계획 없이 돌
아다니기로 했다.

윈도쇼핑을 하고, 세련된 카페에 들어가서 휴식을 취하고.

테트라도 첫 스마트폰으로 다양한 사진을 찍으며 즐거
워했다.

그렇게 이곳저곳을 구경하며 돌아다니다, 즐거워서, 모
험하는 기분으로 평소는 다니지 않는 골목도 들어가 보다
가…….

──미아가 되었다.

"……시로?"

"죄송합니다?!"

둘이 걷고 있는 곳은 시내에서도 불건전한 구역…… 이
른바 호텔 거리였다.

볼을 붉힌 테트라가 눈을 반쯤 뜨고 노려봤다. 시로는 바늘방석에 앉은 기분으로 방금 구매한 스마트폰을 흘끔흘끔 쳐다보며 테트라를 안내했다.

지도 앱을 사용해 버스 정류장까지 나아가는 중이었으나, 지도 앱은 이런 부분까지는 고려해 주지 않는 모양이었다. 데이트 중인데 어른의 장소에 당당히 들어서고 말았다.

주변을 흘끔 둘러보면 커플이 많았고 무언가 수상한 상품을 파는 가게도 있었다.

앞에서 걷던 젊은 커플이 호텔에 들어가는 모습을 보고 어쩐지 괜히 부끄러워지기도 했다.

어쨌든 빨리 이 구역을 빠져나가기 위해 걷는 속도를 높였는데——.

"꺅?!"

테트라의 발이 꼬였는지 균형을 잃었다. 시로는 곧바로 테트라가 넘어지는 것을 막았다.

"괜찮아?"

"아, 네…… 어라?"

자세를 바로잡으려던 테트라였으나, 다리의 힘이 축 풀리며 그대로 시로의 가슴에 기댔다.

"테트라?"

얼굴을 보니 표정도 멍했다. 평소보다 숨도 거칠었다.

"혹시 컨디션 안 좋아?"

“……햇빛을 너무 많이 받았나 봐요…… 몸에 힘이, 안 들어가요…….”

“이런…….”

시로는 자신의 부주의를 책망했다. 테트라가 햇빛에 약한 것을 알면서도 즐거워서 자기도 모르게 테트라를 이곳저곳 데리고 다니고 말았다.

“어떻게 하지?”

“……어딘가 어두운 곳에서 쉬고 싶어요. 그리고, 자외선 차단제도 다시 발라야…….”

“알았어. 근데…….”

근처에 그렇게 쉴 만한 곳이 없을지 둘러봤다.

……제일 먼저 눈에 들어온 것은 바로 옆에 있는 러브호텔이었다.

“…….”

“왜 그래요, 시로? ……아.”

테트라도 시로의 시선을 따라가더니 얼굴을 붉혔다.

“역시 다른 곳을 찾아…….”

“괜찮아요.”

“어?”

“이, 이상한 의미가 아니라요! 그냥, 잠깐 쉬어야 걸을 수 있을 것 같고, 자외선 차단제도 다시 발라야 하고, 그럴 수 있는 곳이 달리 없잖아요?”

"그래 이런 데서 단둘이 있는 건…… 여자아이한테 불안할 것 같아서……."

"뭐에요? 이런 곳에 들어가면 테트라에게 뭔가 할 생각인가요?"

"아니, 안 하지! 안 하지만……."

"흐, 흥. 그럼 딱히 문제없잖아요. ……네가 그런 녀석이 아니란 점은…… 뭐, 일단, 신뢰하니까요."

퉁명스러운 말투였지만, 그 말에선 정말로 시로를 향한 신뢰가 전해졌다.

그리고 테트라가 시로의 옆으로 이동하여 팔을 꼭 끌어안았다.

"테, 테트라?!"

"테트라도 부끄럽다고요! 이, 이럴 땐 남자가 남자답게 리드해 주세요!"

그렇게 시로도 각오를 다지고, 두 사람은 러브호텔에 들어섰다.

방으로 들어가자, 테트라는 침대에 풀썩 누웠다.

"아― 기분 좋아요~……."

정말 체력이 한계에 다다랐는지 베개에 얼굴을 묻고 녹초가 되었다.

완전히 지친 테트라의 모습을 보니 죄책감이 가슴을 쿡 찔렀다.

"미안해. 테트라가 피곤하다는 걸 알아챘어야 했는데."

"상관없어요. ……테트라도, 숨기고 있었거든요."

"……그랬어?"

"그야…… 컨디션이 나쁘다고 하면 데이트가 끝나 버리잖아요."

테트라는 작은 목소리로 그렇게 말했다.

그 말은 즉, 테트라도 데이트가 끝나지 않기를 바랐다는 뜻인데…….

가슴이 두근거렸다. 테트라도 어쩐지 부끄러운 듯이 베개에 얼굴을 묻었다.

왠지 두 사람 사이에 묘한 분위기가 흘렀다.

"자, 자외선 차단제!"

어색함을 참기 힘들었는지 테트라가 크게 말했다.

"자외선 차단제 바를 테니까 시로는 일단 방에서 나가 주세요!"

"으, 응."

"……엿보면 화낼 거예요?"

"안 볼 거야!"

그렇게 쫓겨나듯이 시로는 복도로 나왔다.

혼자 남겨져서 "하아" 하고 숨을 내쉬었다. 최대한 의식하지 않으려 했으나 역시 단둘이 있으면 긴장되었다.

더군다나 이곳은 러브호텔.

이런 곳에서 여자아이와 단둘이 있는 건 사춘기 소년에게 역시 너무 강한 자극이라 가슴이 술렁거렸다.

그렇게 잠시 방 밖에서 기다리고 있자 문이 살짝 열렸다.

"아, 테트라. 끝났어?"

"………."

테트라는 대답이 없었다. 어째서인지 문틈으로 시로를 빤히 바라봤다. 그 얼굴은 묘하게 붉었다.

"테트라?"

"……일단, 들어오세요."

허락을 받아 시로는 바로 방으로 급히 들어갔다. 복도에서 기다리는 사이 지나가는 커플들이 흘끔흘끔 쳐다봐서 상당히 불편했기 때문이다.

하지만 방에 들어와서 안심한 것도 잠시, 시야에 들어온 광경에 시로는 작게 비명을 질렀다.

"테, 테트라?!"

테트라가 옷을 제대로 입고 있지 않았다.

치마는 입고 있었지만, 상반신은 속옷까지 포함하여 아무것도 두르지 않았고, 벗은 파카로 가슴을 가린 상태였다. 시로는 허둥대며 벽 쪽으로 향했다.

"왜, 왜 그런 차림이야?!"

"……자외선 차단제, 항상 메루가 발라 줬는데…… 등이나 날개에 바르기가 어려워서…….”

테트라는 얼굴을 새빨갛게 물들이고 우물거리며 그렇게 말했다.

"어어, 그러니까…… 자외선 차단제를 발라달라고?”

"………네.”

시로의 말에 테트라는 기어들어 가는 목소리로 대답했다. 테트라도 여러모로 한계인지 센 척을 하지 못했다.

그렇게 얌전해진 테트라를 위해, 시로는 침을 꿀꺽 삼키고 뒤돌았다.

가슴을 가리고 있었지만, 평소엔 웬만해선 볼 수 없던 어깨와 쇄골이 드러나 있었고, 몸을 배배 꼬며 부끄러워하는 테트라의 상태까지 포함하여 엄청나게 자극적이었다.

"……시로?”

불안한 듯한 테트라의 목소리에 시로는 정신을 차렸다. 잠시라도 테트라를 그런 눈으로 본 자신을 때려주고 싶었다.

"……알았어. 그러면 일단, 침대에 앉아줄래?”

"네…….”

테트라는 고분고분 고개를 끄덕이고는 침대로 올라가 시로에게 등을 보이고 앉았다. 시로도 그 뒤에 앉아서 천천히 심호흡했다.

'테트라의 등…….'

벗은 옷으로 가슴은 가리고 있었지만, 속옷까지 벗고 있어서 결점 하나 없는 매끈한 등이 그대로 드러나 있었다.

이제 이 피부를 건드린다고 생각하면 두근거려서 다시 침을 꿀꺽 삼킬 수밖에 없었다. 하지만 바로 머리를 휘휘 저으며 사념을 털어냈다.

"그, 그럼 바를게?"

"……네."

자외선 차단제 용기를 열고 안의 크림을 손가락으로 푹 떴다. 그리고 테트라의 흰 등에 그것을 발랐다.

테트라는 몸을 움찔 떨면서도 저항하지 않고 가만히 있었다.

그대로 천천히 쓰다듬듯이 손을 움직였다.

"음……."

한숨을 흘리는 듯이 목소리를 내면서도 얌전히 손길을 받아들이는 테트라.

'테트라의 등은 매끈하구나…….'

테트라의 맨살이 손에 닿았다. 그렇게 생각하면 심장의 고동이 점점 격해졌다. 긴장과 흥분으로 머리가 어지러웠다.

'……아, 안 돼! 이건 응급조치야……!'

시로는 어떻게든 평정심을 가다듬고 그대로 천천히 정성스럽게 테트라의 피부에 자외선 차단제를 발랐다.

"음…… 으음……."

간지러운지 테트라는 가끔 몸을 움찔 떨었다.

머리를 휙휙 저으며 사념을 털어내는 시로. 그대로 테트라의 날개 근처까지 손을 움직였다.

'날개 뿌리는 이런 식으로 돼있구나…….'

인간과는 다른 기관. 하지만 꺼려지진 않았고 오히려 신비한 것을 만지는 기분이었다.

'……날개에도 바르는 편이 좋겠지.'

다시 크림을 손에 가득 떴다.

이렇게 테트라의 날개를 가까이에서 관찰하는 건 처음이었는데, 상당히 섬세한 느낌이었다.

거칠게 건들면 다칠 것 같아서, 시로는 닿을 듯 말 듯 한 깃털 같은 손놀림으로 테트라의 날개를 건드렸다.

"히익?!"

테트라의 입에서 귀여운 목소리가 새어 나왔다.

"미, 미안! 아팠어?!"

"아뇨. 괜찮아요. 계속하세요……."

"으, 응."

시로는 다시 상냥하게 테트라의 날개를 건드렸다.

테트라의 날개는 마치 비단 같아서 매우 감촉이 좋았다.

"음…… 웃…… ──웃."

손을 움직일 때마다 테트라의 몸이 작게 떨렸다.

기분 탓인지 피부가 붉어진 듯도 했다. 벗은 옷을 입가에 가져가서 목소리가 새어 나오지 않게 막는 듯했다.

"간지러워?"

"비슷해요. 테트라는 날개가, 그…… 무척 민감해서요."

"그렇구나. 그럼 그냥 놔두는 편이 좋을까?"

"사, 상관없으니까 계속하세요. 제대로 발라야 밖을 돌아다닐 수 있으니까요. ……시로 손이 닿는 거, 싫지, 않고요……."

그 말에 시로는 다시 심장이 크게 뛰는 것을 느꼈다.

"크흠, 그러면 계속 바를게?"

"……네."

시로는 아까처럼 테트라의 날개에 정성스럽게 자외선 차단제를 발랐다.

"흐읏…… 음…… 읏……."

시로의 손가락이 날개를 스칠 때마다 테트라는 움찔, 움찔 몸을 떨었다.

아까보다도 반응이 커졌고 피부에서도 땀이 배어 나왔다.

'왠지 엄청나게 두근거리는데…….'

여자아이의 피부를 직접 만진다는 배덕감. 거기에 테트라의 반응까지.

필사적으로 목소리를 참는 테트라가 귀여우면서도 관능적이라, 시로는 이상한 생각이 떠오르는 것을 필사적으로 억누르며 손을 계속 움직였다.

겨우 모든 부분에 크림을 발랐을 땐 테트라의 호흡이 완전히 거칠어져 있었다.

"끝났어."

"……감사합니다."

테트라는 호흡을 가다듬으며 눈을 반쯤 뜨고 시로를 노려봤다.

"……혹시나 해서 묻는데, 일부러 그런 건 아니죠?"

"뭐를?"

"아, 아무것도 아니에요! 옷 입을 테니까 반대쪽 보고 계세요!"

"응."

그렇게 시로는 큰 시련을 돌파했으나…….

"………."

"………."

왠지 분위기가 이상해지고 말았다.

시로와 테트라는 1m 거리를 두고 침대에 앉았다. 벌써 10분 이상 대화가 없었다.

테트라를 보니 왠지 후드를 깊숙이 쓰고 끌어안은 베개에 얼굴을 파묻고 있었다.

"……샤워나 할까."

"네헤?!"

어째서인지 테트라가 얼빠진 소리를 냈다. 어째선지 시

선을 이리저리 움직이며 허둥대기도 했다.

"갑자기 샤워라니, 대체 무슨……!"

"밖을 걸어 다니느라 좀 땀이 났는데, 마침 욕실도 있고…… 푸헉?!"

베개가 휙 날아왔다. 테트라는 어째서인지 새빨간 얼굴로 화냈다.

"마, 말을 이상하게 하지 말라고요! 저, 저는 또 그런 뜻인 줄……."

"대체 뭐가?"

"──웃. 아무것도 아니에요! 아무것도 아니니까, 아―! 정마알―!!"

테트라는 침대에 엎어져서 또 다른 베개에 얼굴을 묻었다.

테트라의 태도는 이해하기 어려웠지만 시로는 일단 욕실에서 샤워를 시작했다.

……샤워라고 해도, 물은 냉수였다.

샤워하러 온 것도 테트라에게는 땀을 닦기 위해서라고 했지만, 실제로는 일단 테트라와 떨어져서 머리를 식히기 위한 목적이 컸다.

"하아……."

시로는 크게 한숨을 쉬며 제자리에 쪼그려 앉았다.

어쨌든 이곳은 러브호텔이다.

원래는 연인이 그런 행위를 하는 곳이고, 그런 곳에 테트라와 같이 있다는 사실은 자극이 너무 강했다.

게다가 이번엔 테트라의 맨살을 만지게 되었다.

하얗고, 부드럽고, 매끈매끈한 피부. 덤으로 날개를 건드리자 테트라가 민감하게 반응해서.

점점 숨이 거칠어지고, 흰 피부가 점점 상기되고. 그 광경이 뭐라고 해야 할까…… 조금…… 야릇하게 느껴져서.

'아, 안 돼! 테트라는 어디까지나 친구니까!'

그렇게 자신을 다그치면서 시로는 마음이 진정될 때까지 샤워를 계속했다.

방으로 돌아오니 테트라는 여전히 베개를 끌어안고 침대에 앉아 기다리고 있었다.

"다녀왔어."

"……어서 오세요."

부자연스러운 대화를 나눴다. 시로는 허둥지둥하면서 다시 테트라의 옆에 앉았다.

"컨디션은 어때?"

"별로예요. 아직 몸은 느른해요."

"그렇구나……."

다시 묘하게 어색한 분위기가 흐르기 시작했다.

다만 테트라가 이쪽을 흘끔거리는 시선이 느껴졌다.

“테트라, 할 말 있어?”

“웃.”

테트라의 시선이 망설이듯이 방황했다. 그리고 천천히 손을 뻗어서 시로의 옷을 살짝 붙잡았다.

“………흡혈하고 싶어요.”

“지금?”

“기운이 없을 땐 맛있는 피를 마시는 게 제일 좋은 방법 이잖아요. 그리고…… 그게…….”

테트라는 몸을 꾸물거렸다.

“왠지 아까부터 엄청, 시로의 피가 마시고 싶어서…….”

그렇게 말하는 테트라의 얼굴은 왠지 상기되어 있었다. 그런 테트라의 모습을 보고, 아까 어떻게든 다스린 간사한 마음이 다시 솟아오르는 것이 느껴졌다.

“시로…… 괜찮나요?”

“응, 알겠어.”

시로가 허락하자 테트라는 일어서서 평소처럼 시로의 목에 팔을 둘렀다.

다만 평소보다도 테트라의 표정은 멍했고 호흡이 거칠 었다.

“잘 먹겠습니다…….”

그대로 테트라는 시로의 목덜미를 콱 깨물었다.

"으앗."

시로는 자기도 모르게 작게 소리를 냈다. 테트라가 흡혈하는 기세가 평소보다 거셌다.

"음…… 파하, 죄송해요…… 아팠나요?"

"아니야. 괜찮아. 그렇게 배고팠어?"

"네…… 시로 게 생각나서…… 참기, 어려워서……."

"그, 그렇구나."

테트라의 말투에 평소보다도 더 두근거리는 채로 테트라를 받아들였다.

다만, 이번은 역시 평소와 무언가가 달랐다.

평소엔 좀 더 상냥하게, 천천히 맛보듯이 흡혈하는데 이번엔 그런 여유가 느껴지지 않았다. 거칠게 호흡하며 탐하듯이 피를 마셨다.

'역시 몸이 약해지면 배가 고파지나?'

그런 테트라를 보살피듯이 머리를 쓰다듬고 있는데, 갑자기 테트라가 얼굴을 떨어트렸다.

흐물흐물하게 녹아버린 눈동자에 시로의 얼굴이 비쳤다.

"……시로? 테트라의 날개도, 만져 줄래요?"

"날개를?"

"네…… 크림 발라 줄 때처럼, 쓰다듬어 줬으면 좋겠어요…….".

"일단 해 볼게."

시로는 테트라의 말대로 날개를 조심스럽게 손가락으로 쓰다듬었다.

"아읏……♡"

그러자 테트라가 달콤한 목소리를 흘렸다.

손가락의 움직임에 따라 몸이 움찔, 움찔 떨렸다.

"시로……."

달콤한 목소리로 속삭이며, 숨을 거칠게 쉬면서, 그대로 다시 시로의 목덜미에 얼굴을 파묻고 피를 빨았다.

평소보다 시로의 몸을 끌어안은 힘이 강했다. 조금이라도 시로와 닿는 면적을 늘리고 싶은 것처럼, 몸을 찰싹 밀착시켰다.

테트라의 몸이 평소보다 뜨거웠다. 꽉 누르듯이 몸을 비비적거렸다. 그때마다 말랑하게, 테트라의 부드러운 피부 감촉이 전해져 왔다.

"하, 으앙……♡"

귓가에 흐르는 달콤한 목소리. 숨결. 열띤 몸. 제 목덜미를 빨아대는 입술.

그 모든 게 자극적이라, 이성이 점점 무너졌다. 테트라의 몸은 부드럽고, 뜨겁고, 좋은 향기가 나서.

시로가 날개를 쓰다듬을 때마다 민감하게 반응하고, 귀여운 목소리를 내서…….

"저기, 테트라? 미안한데 조금 떨어져서……."

시로는 테트라의 어깨에 손을 얹고 조금 밀어냈다.

"음…… 왜 그만두는 거죠? 지금…… 딱 좋았는데……."

숨을 헐떡이면서 흐물흐물하게 녹아버린 표정으로 말하니 심장이 거세게 뛰었다.

"이 이상으로 가면 위험한데……."

"위험하다니 뭐가요……? 테트라가 흡혈하는 거…… 싫나요?"

"그게 아니라, 그…… 남자로서 위험한 거라서……."

얼굴을 붉힌 채로 시선을 피하며 우물거리는 시로.

테트라는 그런 시로에게 의아하단 표정을 보였으나, 문득 시로의 하반신으로 시선을 내렸다.

"아."

테트라는 작게 소리를 내더니 눈을 동그랗게 떴다. 그리고 다시 고개를 들더니, 부끄러운 나머지 불에 데기라도 한 것처럼 얼굴을 새빨갛게 물들인 시로를 보고 씨익 웃었다.

장난꾸러기 같은 웃음을 지으며 천천히 시로의 귓가에 입술을 가져갔다.

"시로도, 야릇한 기분이 들었나요?"

"뭣?! 아니, 나는……! 윽?!"

시로는 눈치채고 말았다.

테트라는 시로'도'라고 했다.

테트라는 쿡쿡 웃으며 황홀한 눈으로 시로의 눈을 들여

© Kani Biimu

다봤다.

"저기, 시로…… 쪽 해도 될까요?"

"……쪽?!"

반사적으로 테트라의 입술에 시선이 향했다.

테트라의 입술은 촉촉하고, 반짝였고, 도톰하고 부드러워 보여서…….

"테, 테트라? 일단 진정을……."

"쪽 하면…… 더 기분 좋을걸요? 안 되나요?"

"그건, 기분 좋으면 안 된다고 해야 할까, 이걸 대체……."

자신도 무슨 말을 하는지 알 수가 없었다. 거절해야 한다고 머리로는 생각했지만, 이성이 이미 한계였다.

그런 시로에게 결정타를 날리듯이 테트라는 흐물흐물하게 녹은 눈으로 속삭였다.

"……그럼, 할게요."

"저기?!"

테트라는 눈을 감고 얼굴을 가까이했다.

"……!"

다가오는 테트라의 얼굴에, 시로는 자기도 모르게 눈을 감고 말았다.

직후, 제 입술에 부드러운 것이 닿는 것을 각오…… 했는데, 테트라의 얼굴은 시로의 얼굴 옆을 그냥 지나쳤다. 그대로 목덜미를 물고 쪼옥 하며 피를 빨았다.

그리고 얼굴을 떨어트리더니 장난을 성공한 아이 같은 표정으로 킥킥 웃었다.

"후후후. 키스할 줄 알았나요? 안 되죠—♪ 테트라의 첫 키스는 간단히 줄 수 없어요—♪"

여기선 참지 못하고 시로는 테트라의 어깨를 붙잡았다.

"여, 역시 이런 건 안 돼, 테트라!"

"……흐에?"

"이런 식으로 놀리는 건 좋지 않다고 생각해! 그게…… 나, 나도 남자고…… 언젠가는 참지 못할지도 모른다고 해야 하나……."

"……시로, 참고 있었나요?"

"당연하지! 나도 남자니까! 테트라는 귀엽고!"

"……가슴 만지는 것 정도는 허락해 줄게요."

"그러니까 그런 건 절대 안 돼! 지금 테트라는 확실히 이상한 상태고, 이성이 돌아왔을 때 테트라가 불쾌하지 않길 바라니까, 내 말은…… 테트라를, 소중히 여기고 싶으니까……."

"………."

테트라는 잠시 말없이 시로의 얼굴을 바라봤다. 그리고 이해했다는 듯이 고개를 끄덕였다.

"그 말은 즉, 시로는…… 테트라를 많이 좋아한다는 거죠?"

"어? ……으, 응? 그렇……게 되나?"

"그렇군요. 에헤헤♪ 에헤헤헤헤♪"

테트라는 표정을 풀고 기쁜 듯이 웃었다.

취해서 그렇다는 건 알고 있지만, 자신의 호의를 이렇게 기쁜 듯이 받아들여 주면 솔직히 자신도 기쁘다.

그때, 테트라가 다시 얼굴을 가까이했다. 또 흡혈하려는 것이라 생각하여 시로도 가만히 기다렸으나…….

……쪽.

볼에 부드러운 감촉이 느껴졌다. 볼에 키스 받았다는 것을 깨달을 때까지는 몇 초가 걸렸다.

눈을 끔뻑이는 시로를 보고, 테트라는 조금 부끄러워하면서도 눈부실 정도로 환한 웃음을 지었다.

"테트라도 시로를 무척 좋아한답니다?"

그렇게 말하고는 굳은 시로를 한번 보고는 침대에 풀썩 누웠다. 그대로, 마치 전원이 끊긴 것처럼 새근새근 숨소리를 내며 자기 시작했다.

'지, 지금 그건 친구나 가족으로서 좋아한단 뜻이지?!'

대답을 듣고 싶었지만, 테트라는 이미 꿈속이다. 평소 패턴을 생각하면 일어난 후엔 아까 한 말을 기억하지 못하겠지.

대답을 듣지 못해서 아쉽기도 하고, 안심되기도 하고. 무척 미적지근한 기분으로 시로는 테트라가 눈을 뜰 때까지 고뇌하며 시간을 보냈다.

✝

"~~♪"

그날 밤, 저택으로 돌아온 테트라는 침대 위에서 딩굴딩
굴하며 신나게 스마트폰을 조작했다.

계속 가지고 싶었던 스마트폰. 곧바로 좋아하는 애니메
이션 '마왕집사'의 일러스트를 보러 가고, 줄곧 궁금했던
소셜 게임이란 것을 플레이 해 보면서 마음껏 즐겼다.

그리고 기쁜 건 또 하나.

스마트폰 화면을 전환하여 '연락처' 앱을 열었다.

가장 처음으로 나타나는 건 '아카츠키 시로'라는 이름.

호텔에서 눈을 뜬 후 잠시 스마트폰을 가지고 놀았는데,
그때 연락처를 교환했다.

그때 듣기로는, 시로도 스마트폰이 처음이었고 당연히
누군가와 연락처를 교환하는 것도 처음이라고 했다. 그게
왠지 무척 기뻤다.

다만…….

"테, 테트라. 또 시로랑…… 러, 러브호텔에……."

스마트폰을 산 후에 데이트하다가 러브호텔에 들어갔다
는 사실이 갑자기 떠올라 테트라는 볼을 붉혔다.

처음엔 어떤 곳인지 모른 채로 들어갔으나, 이번엔 휴식
이 필요하긴 했어도 어떤 장소인지 아는 상태로 들어갔다.

테트라도 한창 나이대의 여자아이. 당연히 아무 생각도
없을 리가 없다.

하지만 테트라는 시로 앞에서 몇 시간이나 잠들어 있었다.

한창 나이대의 여자아이가 남자 앞에서 무방비한 모습
을 드러냈다는 믿을 수 없는 실수. 만일 시로가 짐승이었
다면 지금쯤…….

………．

'……아니, 테트라, 지금 무슨 생각을 하는 거죠!'

테트라는 스마트폰으로 베개를 퍽퍽 때렸다. 아주 잠깐
이지만 이상한 상상을 한 것이 부끄러워서 베개에 얼굴을
묻었다.

'시, 시로가 나빠요! 시로가…… 그, 그렇게 야릇하게 만
지니까…….'

자외선 차단제는 항상 메루가 발라주는데, 아무래도 테
트라는 다른 흡혈귀보다 날개가 민감하다는 듯, 항상 간지
러움을 참느라 고역이었다.

그런데 시로가 자외선 차단제를 발라 줄 때의 감각은 전
혀 달랐다. 닿을 듯 말 듯 한 절묘한 터치로 쓰다듬으니 왠

지 몸이 오싹오싹했다.

그 기억을 떠올리니 몸 안쪽이 조여드는 느낌이었다.

"………."

그때를 떠올리며 조심스럽게 자신의 날개를 쓰다듬어 봤다.

"으응……♡"

달콤한 자극에, 자기도 모르게 목소리가 흘러나왔다.

……….

'테트라는 지금 뭘 하는 건가요, 정말—!! 정마아알——!!'

테트라는 그날 밤, 얼굴을 새빨갛게 물들이고 침대 위에서 발버둥 쳤다.

　테트라와 시로의 데이트 날로부터 시간이 조금 지나, 6월이 끝나가는 어느 날 아침.

　테트라는 테이블에 앉아 한창 아침 공부 중이었다.

　"······음. 메루, 끝났어요—."

　"네. 그러면 채점할게요."

　테트라가 하던 건 인간 문화와 사회에 관한 쪽지 시험. 메루는 받아 든 시험용지를 훑으며 싱긋 미소 지었다.

　"전부 정답이에요. 잘하셨습니다."

　"흐흥. 이 정도야 아무것도 아니죠."

　에헴 하며 팔짱을 끼고 가슴을 펴는 테트라. 그런 테트라를 보고 메루는 흐뭇하게 눈웃음을 지었다. 처음엔 인간의 도시에서 사는 것 자체를 싫어했는데 대단한 발전이었다.

　게다가 무엇보다, 테트라가 매일 즐거워 보였다.

　'이것도 시로 님 덕분일까요.'

　과거의 트라우마 때문에 테트라는 계속 타인에게 벽을 세워 왔다.

　하지만 시로와 친구가 된 후로는 점점 웃는 시간이 많아졌다. 지금은 공부할 때조차도 즐거운 듯이 입꼬리가 풀어질 정도였다.

　테트라는 메루에게 딸이나 여동생 같은 존재였다. 그런

테트라를 웃게 해주는 시로에게는 아무리 감사해도 부족했다. ……하지만, 걱정스러운 점이 없지는 않았다.

꼬륵~…… 하고 테트라의 배가 울렸다. 부끄러운 듯이 테트라는 볼을 붉혔다.

"……아가씨? 역시 시로 님에게 흡혈을 부탁하는 게 좋지 않을까요?"

"아, 안 돼요! 누나로서 시로의 공부를 방해할 수는 없죠. 시로의 시험 기간이 끝날 때까지는 참겠어요!"

테트라는 요즘 시로와 놀러 가지도 않고 흡혈도 참는 중이다.

이야기를 듣기로는, 시로가 다니는 학교에선 곧 기말고사란 것이 있다고 한다.

……5월 말에도 중간고사라는 것이 있었다는데, 테트라는 그것을 모르고 매일 흡혈하고 놀자고 부탁했다.

사람 좋은 시로는 그걸 거절하지 않았고, 결과적으로 중간고사에서 그다지 좋은 점수를 받지 못했다고 한다.

그 사실을 알게 된 테트라는 무척 마음에 걸렸는지, 기말고사가 끝날 때까지 노는 것도, 흡혈하는 것도 참겠다고 선언했다.

귀족인 테트라는 공부의 중요성을 잘 알았고, 인간 사회에선 시험에 장래가 달렸다는 이야기도 들었다.

자신이 시로에게 민폐를 끼치는 게 싫었던 거겠지. 그건 이해할 수 있었지만…….

"그래도…… 어젯밤에도 식사를 별로 하지 않으셨잖아요."

메루의 말에 테트라도 겸연쩍은 표정으로 시선을 피했다.

"그, 그야…… 시로의 피랑 비교하면 너무 맛이 없으니까……."

원래 소식하던 편이긴 했지만, 매일 시로의 피를 마신 덕분에 입맛이 까다로워진 모양이었다.

어떻게 해야 할까…… 고민하던 그때였다. 주머니에 넣어둔 스마트폰에 진동이 울렸다.

"잠시 실례할게요."

메루는 스마트폰 화면을 잠시 훑고는…… 표정이 어두워졌다.

"죄송해요, 아가씨. 긴급한 일이 생겨서, 잠시 본가에 돌아가 봐야 할 것 같아요."

"무슨 일인가요?"

테트라가 묻자, 메루는 테트라와 거리를 좁히고 작은 목소리로 말했다.

"……우선, 이 내용은 아무쪼록 비밀로 해주세요."

메루의 말에 테트라도 자세를 바로 했다. 테트라도 어쨌든 귀족의 일원이다. 메루의 상태를 보고 무언가 중대한 일이란 것을 알아챈 듯했다.

“아가씨는, 흡혈 충동에 관해 알고 계시나요?”

“네. 알아요.”

테트라도 그 증상 자체는 알고 있었다.

흡혈 충동—— 쉽게 말해서 흡혈하고 싶은 욕구가 참을 수 없을 정도로 강해지는 증상이다.

발생 원인은 불명. 다만 과거에는 그 충동 때문에 불합리한 행동을 저질러서 인간과 큰 다툼으로 발전한 적도 있다고 한다.

그렇다고 해도 이런 증상이 발현하는 건 무척 드문 일로, 테트라도 이름만 들어봤을 뿐이었으나……

“지금, 일본에 거주하는 흡혈귀 사이에 흡혈 충동 증상 발현이 여러 건 보고되었다고 해요. 다행히 아직 큰 문제까지 일어나진 않았지만, 그 건에 관해서 조사와 정보 공유가 필요해서 저를 잠시 본가로 부르셨어요.”

예상보다 심각한 사안이었다.

현재, 흡혈귀는 일본의 일부 지역에 거주를 허락받은 상태다.

이세계에서 박해받아 이쪽 세계로 도망쳐 온 흡혈귀에게 인간은 동정을 보이며 다가와 줬고, 관계는 양호하다고 할 수 있었다.

하지만 흡혈 충동 사건이 커지면 과연 어떻게 될까.

메루는 아직 큰 문제로 커지지 않았다고 했지만, 어디까지나 '아직'이다. 만일 이대로 흡혈 충동 증상이 늘어나 '흡혈귀는 인간을 해하는 괴물이다'라는 인식이 퍼지면 돌이킬 수 없게 된다.

"테트라는 본가에 가지 않아도 괜찮나요?"

"네. 본가는 이 사건을 인간들이 눈치채기 전에 내밀히 처리하고 싶은 모양이에요. 이 나라에 온 흡혈귀가 일제히 자리를 비우면 수상해 보일 테니까요."

"……왠지 나쁜 짓을 하는 것 같아서 찝찝하네요."

"흡혈귀의 존망으로 이어질 수도 있는 사태예요. ……아까도 말씀드렸지만, 다행히 큰 사건으로 번지지는 않았고, 본가에선 어느 정도 원인과 대책을 예상하는 모양이에요. 비밀로 둘 수 있다면 비밀로 두는 게 낫겠죠."

"뭐, 아무튼 알았어요. 바로 출발할 건가요?"

"네. 시로 님이 학교에서 돌아오시면 일 때문에 잠시 돌아갔다고 말씀 부탁드려요."

그렇게, 메루는 재빨리 짐을 챙겨 저택을 나섰다.

혼자 남겨진 테트라는 침대에 누워서 깊은 한숨을 쉬었다.

'큰일로 번지지 않으면 좋겠는데……'

마음속으로 중얼거렸다.

만일 흡혈 충동 사건이 커지면, 테트라도 본가로 귀환해야 할지도 모른다.

……또, 시로와 헤어져야 할지도 모른다.

'……그건 싫어.'

베개를 꼭 끌어안았다.

자신의 옆에 시로가 없는 것을 상상하면, 쓸쓸하고, 불안했고, 견디기 힘든 감정이 들었다.

눈시울이 뜨거워지고 눈물이 찔끔 새어 나왔다. 하지만 그런 자신의 상태를 알아채고 서둘러 소매로 눈물을 닦았다.

'우, 울긴 왜 우는 거죠. 어린아이도 아니고!'

왠지 부끄러워져서 마음속으로 '캬악!' 하고 소리를 지른 뒤 힘차게 침대에서 일어났다.

걱정한다고 문제가 해결되는 건 아니니, 만화라도 읽으며 기분을 전환하자. 그런 생각으로 서재에서 요즘 읽던 만화 시리즈를 가져왔다.

침대에 앉아서 바로 만화책을 펼쳤다.

요즘 테트라가 열심히 읽는 건, 남매간 금단의 사랑을 그린 순정 만화였다.

……순정 만화라고 하지만 꽤 과격한 장면이 많아서 테트라는 두근거리며 페이지를 넘겼다.

전개는 마침 새로운 에피소드에 돌입한 참이었다.

남매의 부모님이 2박 3일 여행을 떠나게 되어서, 집에 남겨진 남매가 무척 농밀한 3일을 보내는 내용이었다.

'이, 이런 것까지 하는 건가요?!'

만화 안에선 여동생의 적극적인 어필에 참지 못한 오빠가 동생을 침대에 쓰러트리고 있었다.

이전보다도 더 농밀하고 과격한 장면의 연속에, 테트라는 침을 꼴깍 삼키며 페이지를 넘겨나갔다.

'……그러고 보니 메루가 돌아올 때까지는 테트라도 시로와 저택에 단둘이네요.'

문득, 그런 생각이 들었다.

요즘 메루도 자신과 시로를 '사이 좋은 남매 같다'라고 표현하곤 했다.

그런 자신들이 집에 단둘이 남는 건 만화와 같은 상황.

반쯤 무의식적으로, 만화의 남매에 자신과 시로의 모습을 비춰보다가…….

'……아니, 테트라는 대체 무슨 생각을 하는 건가요오오?!'

만화책을 내던지고 베개에 얼굴을 파묻었다. 부끄러움을 참을 수 없어서 발버둥 쳤다.

'아, 아니에요! 테, 테트라는 결코 시로와 그런 걸 하고 싶은 게……!'

그렇게 발버둥 치다, 잠시 후 '테트라는 혼자서 대체 뭘 하는 건가요…….'라며 한숨을 쉬었다.

데구루루 몸을 굴려 천장을 바라봤다.

……딱히, 시로와 그런 관계가 되고 싶은 건 아니다.

……하지만, 시로와 계속 같이 있고 싶었다.

시로는 따뜻하고, 상냥하고, 같이 있으면 마음이 편하다.

매일 놀아주고, 자신의 억지도 웃으면서 받아들여 주고. 테트라는 그런 시로를…….

그때였다.

──쿠웅, 하고 피가 술렁이는 감각이 느껴졌다.

'웃?!'

쿵쿵, 심장이 뛰는 속도가 빨라졌다. 목이 마르고, 호흡이 빨라졌다.

'뭐죠…… 이, 건……?'

시로를 생각하자 입안에 침이 흘러넘쳤다.

지금 당장 시로를 쓰러트려서 목덜미에 이를 박아 넣고 싶다. 마음껏 그 피를 마시고 싶다. 그런 욕망이 끓어올라서, 머릿속이 타들어 가는 감각이었다.

시로를 억지로 쓰러트려서, 도망치지 못하도록 붙잡고, 시로가 그만두라고 해도 개의치 않고, 마음껏 탐하고 싶다. 시로의 모든 것을 제 것으로 만들고 싶다.

그런 욕망이 끊임없이 솟아올라서 멈출 수 없었다.

'흡혈…… 충동……?'

경험하는 건 처음이지만, 자신에게 그 증상이 발생했다는 것을 바로 이해할 수 있었다. 몸의 안쪽에서부터 복받치는 거센 충동에 이성이 타들어 갈 것 같았다.

‘메루에게…… 연락, 해야 하는데…….’

침대에서 내려와 비틀거리는 발걸음으로 스마트폰이 놓인 테이블까지 걸어갔다.

스마트폰을 들어 메루에게 연락하려다…… 움직임을 멈췄다.

——자신에게 흡혈 충동이 나타났다는 것이 알려지면, 어떻게 되는 거지?

틀림없이 우선 시로와 격리당하겠지. 더는, 시로와 함께 있지 못할지도 모른다.

그렇게 되는 미래를 상상했다.

하루 종일 방에 틀어박혀 멍하니 시간만 보내는 생활.

일어나서, 맛없는 피를 마시고, 시키는 대로 공부하고, 자고, 언젠가는 적당한 집안에 시집 보내지는 게 아닐까.

얼마 전의 자신이었다면 그런 미래도 받아들였겠지.

하지만 지금은, 시로와 헤어지는 미래는 상상할 수 없어서…….

“괜찮아요…… 분명, 조금만 참으면…… 바로 사그라들 거예요…….”

자신에게 당부하듯이 그렇게 말하고 스마트폰을 테이블에 돌려놨다.

“비 올 것 같아.”

“그러게—.”

창밖엔 잿빛 구름이 넓게 깔려 해를 가리고 있었다. 공기도 습해서 당장이라도 비가 내릴 것 같았다.

1교시 수업을 마친 쉬는 시간. 시로는 앞자리의 스기사키와 대화 중이었다.

“곧 기말고사인데 아카츠키 군 공부는 잘돼 가?”

“어느 정도는. 낙제점이면 여름방학에 보습이라니까 열심히 해야지.”

시로가 그렇게 말하자 스기사키는 장난스럽게 씨익 웃었다.

“보습 걸리면 사랑스러운 외국인 여자친구랑 놀 시간이 줄어들 테니까~.”

“——으.”

전에 테트라와 외출한 장면을 목격당한 이후, 스기사키는 자주 이렇게 시로를 놀리곤 했다. 이 이야기를 하면 바로 얼굴이 빨개져서 부끄러워하는 시로를 보는 게 재밌는 듯했다.

“그, 그러니까 테트라는 그런 사이가 아니라…….”

“또 그런다. 그렇게 바짝 붙어 있었으면서~.”

“그러니까 정말 아니…….”

“그런데 슬쩍 보기만 해도 엄청 귀여운 애였어.”

“그건…… 응.”

“아카츠키 군도 그런 애랑 사귀면 기쁘겠지?”

“……그거야, 뭐. 이, 일반적으로는? 남자라면…… 그……
테트라처럼…… 귀여운 여자애랑…… 그게…….”

“내가 보기에는, 적어도 그쪽도 마음이 없어 보이지는
않던데—?”

“어?”

스기사키의 말에 자기도 모르게 두근거려서 되묻고 말
았다.

그 반응에, 스기사키는 마치 장난감을 발견한 아이처럼
씩 웃으며 시로의 어깨를 툭툭 두드렸다.

“하아~ 정말. 아카츠키 군은 알기 쉬워서 귀엽다니까~♪”

“────윽!”

부끄러워서 책상에 엎드렸다.

스기사키의 말대로, 요즘 테트라가 너무나도 신경 쓰여
서 정신을 차릴 수 없을 정도였다. 공부에 집중하는 가장
큰 이유는 여름방학에 마음껏 테트라와 놀기 위해서였다.

즉, 스기사키의 말은 전부 사실이었다.

“너무해, 스기사키…….”

“아하하. 조금 지나쳤나? 미안, 미안. 으음, 그러면 사과의

의미로 아카츠키 군이랑 테트라의 연애점이라도 봐줄까?”

“……점?”

“응. 요즘 빠졌는데, 다른 애들은 잘 맞는다고 하더라고.”

그렇게 말하며 스기사키는 가방에서 타로카드를 꺼냈다.

스기사키가 즐거워 보이기도 했고 거절할 이유도 없었기에 시로도 자세를 바로 하고 스기사키가 준비하는 것을 가만히 바라봤다.

“어어, 테트라의 풀네임이 뭐였지?”

“테트라 폰 발프레아.”

“이름 멋있네~. 오케이. 그럼 기다려 봐.”

그렇게 말하며 스기사키는 책상 위에 타로카드를 늘어놓았다. 꽤 본격적인 느낌이었다.

“이걸 이렇게…… 카드가 역방향이라면…….”

중얼거리면서 늘어놓은 카드 몇 장을 뒤집었다.

“자아, 결과는…… 엑.”

“지금 ‘엑’이라고 했지?!”

“아, 아하하. 괜찮아, 괜찮아…… 그, 그냥 점일 뿐이니까.”

“그렇게 굳은 목소리로 말하면 괜히 불안해지거든?!”

“이, 일단 결과는 말이지. 어어…… 그래…….”

스기사키는 카드를 보며 조금 목소리가 진지해졌다.

“……가까운 시일 내에, 아카츠키 군이 큰 벽에 부딪힌다고 나와 있어.”

“벽?”

“응. 뭔가 큰 방해물이 생겨서, 그걸 뛰어넘어야 하나 봐.”

“방해물이라니, 어떤?”

“그것까지는 모르겠지만…… 실수하면 죽을 수도 있다는데?”

“뭐?!”

“괘, 괜찮아. 아까도 말했지만, 그냥 점이니까. 그래도 정말 조심은 해. 아, 나한테 있는 부적, 가내안전용이긴 하지만 줄게.”

“아니, 진짜 괜찮은 거야?!”

그때 수업 시작종이 울렸다. 스기사키는 걱정스러운 표정으로 카드를 정리했다.

잠시 후 선생님이 들어와서 수업이 시작되었다.

창밖에는 빗방울이 똑똑 떨어지기 시작했다.

드디어 수업이 끝나고, 시로는 버스를 타고 하교 중이었다.

“……….”

벌써 몇 번째인지 모르겠지만, 시로는 스마트폰의 메시지 앱을 확인했다.

거기엔 메루에게서 간결하게 ‘급한 일이 생겨서 잠시 저택을 비울게요'라는 내용의 메시지가 도착해 있었다.

그뿐이었다면 신경 쓸 일도 없었겠지만, 아까 스기사키의 점으로 이상한 소리를 들은 참이었다. 왠지 마음이 술렁거렸다.

오전부터 내리기 시작한 비는 아직도 그치지 않았다. 버스에서 내릴 땐 기세가 더욱 거세졌다. 접이식 우산으로는 부족할 정도여서 시로는 빠르게 저택으로 향했다.

"다녀왔습니다―."

뛰어들 듯이 저택에 들어가 그렇게 말했다. 하지만 저택 안은 어둡고 조용하기만 했다.

메루가 일이 있어 자리를 비운 건 메시지로 전달받았기에 알고 있었지만, 잠시 기다려도 테트라가 마중 나올 기색이 없었다. 최근 이런 적은 한 번도 없었다.

걱정되었지만, 빗소리 때문에 바지가 축축하게 젖어 버렸다. 일단 옷을 갈아입기 위해 시로는 저택 1층에 있는 자신의 방으로 향했다.

방으로 들어간 시로는 옷장에서 갈아입을 바지를 꺼내 침대에 앉아 옷을 갈아입기 시작했다.

'내일까진 마르려나?' 같은 생각을 하며 바지를 벗은 순간, 문이 끼익 소리를 내며 열렸다.

"어?"

노크도 없이 열린 문으로 시선을 보내자, 테트라가 서 있었다. 시로는 서둘러 이불을 잡아 제 하반신을 가렸다.

"테트라?! 미안! 지금 옷 갈아입는 중이니까 잠깐만……
테트라?"

테트라의 상태가 이상했다.

평소의 테트라였다면 시로가 옷을 갈아입는다는 것을
알고 얼굴을 새빨갛게 물들이고 도망쳤을 텐데, 지금은 멍
한 표정으로 시로를 바라보고 있다.

뭔가에 흥분한 듯이 볼은 상기되어 있었고 숨도 거칠었다.
한편 눈에는 생기가 없었고, 멍하니 탁해진 눈으로 시로를
보고 있다.

그러고는 비틀거리는 발걸음으로 시로에게 다가왔다.

"테트라? 괜찮아?"

"………."

테트라는 아무 대답도 없었다. 그대로 테트라는 시로의
눈앞에 서서 툭, 하고 시로의 어깨를 밀쳤다.

"어? 자, 잠깐……?!"

갑작스러운 일에 자세가 무너져서 시로는 침대에 눕듯
이 쓰러졌다. 테트라는 그런 시로의 몸 위로 올라가더니
숨을 더욱 거칠게 쉬면서 멍하니 시로를 내려다봤다.

"테트라……?"

"……."

테트라는 아무 대답도 없었다. 그저 열띤 얼굴로 천천히

고개를 내려서…….

그때였다. 밖에서 천둥이 치는 소리가 들려왔다. 갑자기 큰 소리가 울리자, 테트라가 몸을 움찔거렸다. 그와 동시에 눈에 이성의 빛이 돌아왔다.

"어, 어라…… 시로……? 테트라는…… 왜 여기에……?"

테트라는 정신을 차렸다. 아까까지 상기되어 있던 얼굴은 순식간에 창백해졌고, 겁먹은 듯이 시로에게서 떨어졌다.

"……테트라?"

"다, 다가오지 마세요!!"

큰 소리를 질러서 시로는 깜짝 놀라 주춤거렸다.

테트라는 잠시 미안하단 표정을 지었지만 바로 몸을 돌려 도망치듯이 방을 나갔다.

확실히 상태가 이상했다. 시로는 바로 바지를 입고 테트라의 뒤를 쫓았다.

테트라가 자신의 방에 들어갔는지, 철컥 문을 잠그는 소리가 들려왔다.

시로는 테트라의 방 앞에서 말을 걸었다.

"테트라?"

"……왜요."

대답이 돌아왔다. 하지만 목소리에 생기가 없었다.

"괜찮아? 몸이라도 안 좋은 거야?"

"괜찮으니까 가 주세요."

"무슨 일 있었어?"

"괜찮으니까! 가 주세요!"

큰 소리로 그런 대답이 돌아왔다.

확실히 상태가 이상했지만, 문은 잠겼고, 말을 걸어도 더는 반응해 주지 않았다.

그 후에도 몇 번이나 상태를 보러 갔지만 아무 반응이 없는 채로 시간만이 지나갔다.

그날 밤, 시로는 침대에 누운 채로 멍하니 천장을 올려다봤다.

평소라면 잠들 시간인데 눈은 말똥말똥하기만 할 뿐, 전혀 잠이 오지 않았다.

머릿속에는 테트라가 가득했다.

테트라의 상태가 확실히 이상했다. 하지만 기분이 상할 만한 짓을 한 기억은 없고, 몸이 안 좋은지를 물어도 아무 대답도 해 주지 않는다. 이런 적은 처음이었다.

"………."

몸을 휙 뒤집었다.

테트라는 시로에게 가족 같은 존재가 되었다. 뭔가 고민이 있다면 도와주고 싶었고, 적어도 이야기를 들어주고 싶었다.

그런 생각을 하는 사이, 문 쪽에서 박박 나무를 긁는 소리가 났다. 이어서 '냐—' 하는 고양이의 울음소리도.

"……쿠로?"

아무래도 문을 열어달라는 뜻인 듯했다. 침대에서 내려와 방문을 열자 쿠로가 발치에서 자신을 빤히 올려다봤다.

"무슨 일 있어?"

"냐옹—."

쿠로는 낮게 울더니 발걸음을 돌렸다. 따라오라고 말하는 듯해서 시로는 그 뒤를 따라갔다.

쿠로의 안내를 받아 부엌까지 향하니 문이 살짝 열려 있었다.

불은 켜지지 않았으나 인기척이 났다.

'……혹시, 도둑?'

시로는 몸이 굳었지만, 천천히 문틈으로 안쪽을 들여다봤다.

부엌은 새까맸으나 냉장고가 열려 빛이 새어 나오고 있었다.

그리고 그 앞에는 테트라가 앉아 있었고, 주변에는 빈 혈액 팩이 널브러져 있었다.

"테트라?"

"……웃."

테트라가 시로를 돌아봤다. 숨이 거칠고, 마치 겁먹은

듯한 눈이었다. 가슴팍은 혈액 팩을 마시다가 쏟았는지 새빨갛게 젖어 있었다.

"괜찮아?"

"……다가오지…… 마세요."

테트라는 힘없는 목소리로 거절했다.

"몸이 안 좋은 거야? 내가 도울 게 있으면……."

"됐으니까! 다가오지 마세요!"

그렇게 말하며 일어섰지만, 테트라의 다리에서 힘이 풀렸다. 그대로 바닥을 짚지도 못하고 쓰러졌다.

"테트라!"

시로는 테트라 옆으로 뛰어가 부축하려 했다.

하지만 그런 시로를, 테트라는 확 밀쳤다.

"우왓?!"

시로는 중심을 잡지 못하고 엉덩방아를 찧었다. 그리고 그런 시로에게, 테트라는 네발로 기어서 천천히 다가왔다.

"……시로한테서…… 엄청, 좋은 냄새가, 나요……."

멍하니 흐려진 눈. 확실히 평소와는 다른 상태에 시로의 등골에 싸한 감각이 느껴졌다.

"테트라? 왜, 왜 그러…… 으앗?!"

테트라가 시로를 덮쳤다.

움직이지 못하도록 양 손목을 붙잡혔다. 저항하려 했지만, 테트라는 놀랄 정도로 센 힘으로 시로를 누르고 있어

© Kani Biimu

서 꿈쩍도 할 수 없었다.

"테트라! 왜 그래?!"

"인간은, 약하네요…… 테트라가 전력을 다하면…… 전혀 저항할 수 없어요…….."

테트라는 거칠게 숨 쉬며 잠꼬대하듯이 그렇게 말했다.

"테트라가 마음먹으면…… 언제든 시로를, 마음대로 할 수 있어요…….."

여전히 흐린 눈으로, 테트라는 시로의 목덜미에 얼굴을 가져갔다.

"히익…….."

지금 테트라는 마치 육식동물 같아서 시로는 자기도 모르게 비명을 질렀다.

테트라가 뱉은 뜨거운 숨이 닿았다. 목에 닿는 미지근한 감촉에 본능적인 공포가 몰려왔다.

"자, 잠깐만!"

"잘 먹겠습니다."

다음 순간, 목덜미에 날카로운 통증이 느껴졌다.

"윽……!!"

이빨이 피부에 박히는 통증에 참지 못하고 비명을 질렀다. 그것으로 테트라가 평소, 시로가 아프지 않도록 얼마나 배려했는지를 알 수 있었다.

"아, 아…….."

소리 없는 비명을 지르면서 시로는 필사적으로 몸을 비틀려 했다. 하지만 테트라가 단단히, 바이스와도 같은 힘으로 팔을 억누르며 놓아주질 않았다. 까득, 하고 뼈가 삐걱거리는 불안한 소리가 났다.

이가 평소보다 확실히 깊게 피부를 뚫어서, 몸에서 피가 철철 흘러 나가는 것이 느껴졌다.

한편 테트라에게 흡혈당할 때의 쾌감과 만족감으로 머리가 핑핑 돌았다. 쪼옥, 하고 피를 빠는 소리가 들릴 정도로 강하게 흡혈당해서 머리가 점점 새하얘졌다.

이대로 두면 안 된다는 것을 알지만 몸에 힘이 들어가지 않았다.

"츄읍…… 음…… 맛있어…… 시로…… 엄청 맛있어……."

테트라는 정신없이 시로의 피를 탐했다. 그 목소리는 무척 행복한 듯했고, 어딘가 요염했다.

"하……아…… 시로…… 좀 더, 주세요."

"이 이상은……!"

"안 돼…… 좀 더……."

테트라는 그렇게 말하며 다시 강하게 흡입했다.

"안 돼…… 테트라…… 부탁…… 그만…… 둬……."

너무나도 격렬한 흡입에 의식이 날아갈 것 같았다. 그래도 테트라는 흡혈을 멈추지 않았다.

——그때 문득, 과거의 기억이 떠올랐다.

전에도, 비슷한 일이 있었다.

✝

어릴 적, 산에서 길을 헤매다 도착한 이상한 세계.

그래도 자신과 친하게 지내 주는 '네페' 덕분에 희망을 품고 지낼 수 있었다.

하지만 어느 날, 시로는 다치고 말았다.

숲에서 둘이 놀던 때였다. 넘어질 때 바로 손을 뻗었으나 불운하게도 바닥에 있던 뾰족한 돌에 손을 깊게 베이고 말았다.

네페는 바로 그 자리에서 시로의 손을 치료해 줬다.

하지만 시로의 손에서 흐르는 피를 보자, 그 표정이 조금씩 변했다.

"……ΣΡΘ, ΛΔΥΨΩΠΛΩΣ?"

그렇게 말하며 네페는 시로의 피를 핥았다. 그러자마자 네페의 눈 색이 변했다.

"네페? 왜 그러…… 우왓?!"

갑자기 네페가 시로를 쓰러트렸다.

마치 잠꼬대하는 듯한 멍한 표정. 어째서인지 호흡이 거칠고, 볼을 붉히며 시로를 내려다봤다.

"ΣΥΩΠΛΥ…… ΨΩΔΘΛΓΔ……."

목도리를 벗기고, 목덜미를 억지로 드러내게 한 후 그곳을 꽉 물었다.

"아, 아파! 아파, 네페!"

필사적으로 소리를 질렀지만, 네페는 멈추지 않았다. 저항하려 했지만 엄청난 힘으로 붙잡혀서 움직일 수 없었다.

이윽고 네페는 입을 떨어트리더니 만족스러운 듯이 눈 위에 쓰러져서 그대로 잠들어 버렸다.

시로는 무슨 일이 일어났는지 알 수 없어서, 그저 강제로 물렸다는 사실이 무서워서…… 그곳에서 도망치고 말았다.

그러자 어느샌가 다시 짙은 안개에 휩싸였고…… 정신을 차려보니 본가 뒤의 영산으로 돌아와 있었다.

†

시로의 머리에 그런 기억이 되살아나 지금 상황에 오버랩되었다.

흐릿하기만 했던 기억 속 소녀의 모습이 선명히 떠올랐다. 그 아이는 테트라와 같은, 은색 머리카락을 지닌…….

"……네페?"

자신을 무는 테트라를, 시로는 그렇게 불렀다.

흠칫, 테트라의 움직임이 멈췄다. 입을 떨어트리고, 시로의 눈을 바라봤다.

"………시로……?"

아직 멍하긴 했지만, 탁해졌던 테트라의 눈에 빛이 돌아왔다.

"어라…… 테트라는……?"

테트라의 시선이 흔들리더니 시로의 얼굴에서 시선을 살짝 내렸다.

시로의 목덜미에 깊은 구멍이 두 개. 거기서 선혈이 철철 흘러내리고 있었다.

시로의 손목에는 테트라가 붙잡은 흔적이 또렷이 남아 있어서, 그것으로 테트라는 자신이 무슨 짓을 했는지를 깨달았다.

"아…… 거짓말…… 안 돼……."

테트라의 얼굴이 창백해졌다.

"아니, 아니야…… 미…… 미안……."

테트라의 눈에서 눈물이 펑펑 쏟아졌다. 얼굴은 창백했고, 겁먹은 듯이 어깨를 떨었다.

"테, 테트라. 진정해. 응?"

시로는 조금 전까지 덮쳐지던 것도 잊고 최대한 상냥하게 말을 걸었다. 하지만 그 목소리는 테트라에게 닿지 못했다.

테트라는 벌떡 일어나 매우 빠른 속도로 부엌을 뛰쳐나

갔다.

[제가 호텔을 찾을게요. 며칠간 시로 님은 그곳으로 피난해 주세요.]

메루에게 연락하여 상황을 설명하자 그런 대답이 돌아왔다.

시로는 테트라에게 물린 곳을 치료하며 스마트폰을 귀에 가져다 댔다.

"테트라는 괜찮을까요?"

[지금은 자신을 우선하세요. 피는 멎었나요?]

"네."

조금 전까지는 테트라에게 물린 곳에서 피가 뚝뚝 떨어지는 상태였으나, 흡혈귀 특제 지혈제를 바르자 순식간에 피가 멎었다.

[피가 멎으면 구급상자 안에 있는 빨간 정제를 네 알 드세요. 그러면 잃은 피를 보충할 수 있을 거예요.]

"알겠어요. 그래서, 테트라는 괜찮을까요?"

[……남을 걱정할 때가 아니라고 말한 참입니다만.]

전화 너머로 한숨 소리가 들려왔다. ……다만 그 목소리는 왠지 기쁜 듯했다.

[종족병이라고 설명하면 아실까요?]

거기까지 말하고 메루는 말을 고르듯이 잠시 침묵했다.

[흡혈귀가 인간의 피를 마시는 건 잘 알고 계시겠죠. 하지만 피 자체는 그리 많이 필요하지 않습니다, 인간을 해하면서까지 마실 필요는 없지요.]

그건 매일 흡혈당하고도 멀쩡한 시로가 몸소 체득한 사실이다.

[하지만 가끔 흡혈 충동이라는, 비정상적일 정도로 피를 갈구하는 증상이 나올 때가 있습니다. 그때의 흡혈귀는…… 솔직히 말해 위험하죠.]

"위험하다고요? 상대가 죽을 정도 때까지 흡혈하는 건가요?"

[흡혈량 자체는 실혈사할 만큼 많진 않습니다. 문제는 다른 곳에 있죠. 흡혈 충동 상태의 흡혈귀는 이성이 없습니다. 그렇기 때문에 힘 조절이 없죠. 인간이 맨몸으로 상대하기는 불가능에 가깝습니다.]

그 말에 시로는 아까 치료에 쓴 거즈와 자기 손목을 내려다봤다.

평소보다 깊고 난폭하게 물린 탓에 출혈량이 상당히 많았다.

손목도 억지로 붙잡혀 있던 곳은 핏줄이 터져 검푸르게 변해 있었다. 까딱 잘못했다간 뼈가 부러졌을지도 모른다.

[어쨌든, 치료가 끝났다면 바로 저택을 벗어나세요. 저

도 최대한 빨리 돌아갈 테니, 당분간은…….]

"궁금한 게 있습니다."

시로는 메루의 말을 막았다.

[무엇이죠?]

"……테트라는, 앞으로 어떻게 되나요?"

[무슨 말씀이 하고 싶으신 거죠?]

"테트라는 인간과 흡혈귀의 교류를 위해 일본에 왔잖아요? ……이번 일이 알려지면 좋지 않을 것 같은데요."

시로의 질문에 전화 너머의 메루는 잠시 침묵했다.

[……평소엔 멍해 보이면서 이럴 땐 예리하시군요. 솔직히 말해서, 심각한 사태입니다. 아가씨는 일본에서 철수하고, 시로 님에게는 이후에 정식으로 사과를…….]

"테트라가 덮쳤다는 건 제 착각입니다."

[네?]

시로의 말에, 메루는 자기도 모르게 되물었다.

"그, 뭐라고 할지…… 평소처럼 테트라에게 피를 내주고 있는데 제가 잠깐 비틀거린 탓에 평소보다 이가 깊게 박혔을 뿐이에요. 그러니……."

쥐어짜 낸 시로의 말에, 전화 너머로 메루가 작게 한숨을 쉬는 소리가 들려왔다.

[……요컨대, 단순한 사고로 처리하시겠다는 겁니까?]

"네."

[……사람이 좋은 것도 정도가 있죠.]

"테트라에게도 자주 듣던 말이네요."

전화 너머에서 다시 한번 한숨 소리가 들려왔다. 하지만 이번엔 작은 웃음소리가 섞여 있었다.

[아가씨의 친구가 된 인간이 당신이라서 다행이에요…….
알겠습니다. 그러면 이번 일은 사고로 처리하겠습니다.]

"네. 그렇게 부탁드려요."

그 후로 둘은 말을 맞춘 후 통화를 마쳤다.

할 일은 아직 남아 있다. 그리고, 이건 메루에게 말하면 막을 것 같아서 일부러 말하지 않았다.

시로는 방을 나왔다. 테트라의 방이 있는 2층을 올려다 봤다. 지금은 아무 소리도 들리지 않는다.

계단을 올라가 테트라의 방 앞에 섰다.

이런 건 그다지 좋지 않은 행동이라고 생각하지만, 문에 얼굴을 가져다 대고 귀를 기울였다.

……아주 작게, 훌쩍이는 소리가 들려왔다.

"………."

목덜미를 만지며, 조금 전 억지로 흡혈당했던 순간을 떠올렸다.

솔직히 말해서 엄청나게 아팠고, 무서웠다.

하지만 그 이상으로, 시로를 다치게 하여 울던 테트라의 표정이 시로의 마음을 옥죄었다.

그때의 테트라는 너무나도 괴로워 보였고, 당장이라도 무너질 것 같았다.

메루는 피난하라고 했지만, 그런 표정의 테트라를 두고 도망칠 수는 없었다.

'지금 도움이 필요한 건 테트라야.'

미약하게 떨리는 손으로, 문을 노크했다.

†

시간을 되돌려 조금 전.

테트라는 자신의 방으로 돌아와 침대에 엎드려 울고 있었다.

눈을 감으면 시로를 덮친 직후의 광경이 선명히 떠올랐다.

빨갛게 부은 손목, 흘러넘치는 선혈, 놀라서 자신을 바라보는 눈.

그 광경이, 과거에 자신이 좋아했던 남자아이——시로에게 했던 짓과 같았다.

어릴 적, 테트라는 시로가 갑자기 사라졌다고 생각했다. 하지만 그게 아니었다. 원인은 자신이었다.

시로가 다쳤고, 피가 흘렀고, 그 피에서 매우 좋은 냄새가 나서 호기심에 입으로 가져갔다.

그 피가 너무나도 맛있어서, 자제할 수 없었다. 억지로 피를 마셔서 겁을 주고, 다치게 하고, 그뿐만 아니라 그 일을 완전히 잊고 있었다.

그때를 떠올리면 어리고 바보 같았던 자신을 마구 때려주고 싶었다.

"이제…… 시로와의 관계도, 끝나 버리는 거겠죠……."

말로 꺼내자, 참을 수 없을 정도로 눈물이 흘러나왔다.

마음이 괴로웠다. 속이 울렁거리고, 어딘가로 사라져 버리고 싶은 충동에 휩싸였다.

그런데…… 그런데도, 또 시로를 덮치고 싶었다. 좀 더 그 피를 마시고 싶다는 생각이 들고 만다.

시로를 다치게 하고 싶지 않은데, 시로를 엉망진창으로 만들고 싶다.

상반되는 감정이 마구 뒤섞여서, 테트라의 마음을 어지럽혔다. 사고가 점점 부정적인 방향으로 흘러갔다.

'이제, 시로도, 테트라를 싫어하겠죠…….'

——자신을 덮치는 괴물과 친구로 남을 리가 없다.

"즐거웠, 는데……."

시로와 함께했던 날들은 매일이 즐거웠다. 시로와 놀고, 데이트하고, 흡혈하고.

시로가 전에 '반짝이는 청춘을 동경했다'라는 말을 했는데, 테트라에게는 시로와 함께했던 날들이야말로 반짝이는 청춘이었다.

계속 이런 나날이 이어지길 바랐다. 하지만 이제 끝이다.

분명 자신은 본가로 돌아가게 되겠지. 옆에 시로가 없는 날들이 시작된다.

역시 인간과 엮이지 않는 편이 나았다. 또 이런 일이 생길 바에는, 처음부터 엮이지 않는 편이 나았다.

"그래도…… 정말 좋아했어요……. 소중한, 소중한, 친구였어요……."

자신의 마음을 말로 꺼내자, 눈물이 더 흘러넘쳤다.

그때였다. 똑똑, 하는 조심스러운 노크 소리가 들렸다.

처음엔 잘못 들은 줄 알고 가만히 있었다.

하지만 잠시 후, 다시 똑똑 노크 소리가 들려왔다.

"테트라, 괜찮아?"

시로의 목소리. 테트라는 코를 훌쩍이며 어떻게든 대답했다.

"뭐 하러 온 거죠? 다른 데로 가 버려요!"

더는 소중한 친구를 다치게 하지 않으려고 최대한 허세를 부렸다.

흡혈 충동은 아직 전혀 사그라지지 않았으니까.

지금 이러는 사이에도 시로를 덮쳐서 다시 흡혈하고 싶은 충동이 일었으나 필사적으로 이성으로 억눌렀다.

당장 다른 곳으로 가길 바란다. 더는 시로를 다치게 만들고 싶지 않다. ……그런데, 시로는 황당한 말을 꺼냈다.

"괜찮아. 내 피, 마셔도 돼."

"그게 무슨……."

예상을 벗어난 시로의 말에, 테트라는 멍하니 눈을 깜빡였다.

침대에서 내려와 비틀거리며 문으로 다가갔다.

"……시로?"

"괜찮아. 아까 일은 단순 사고로 처리하기로 했어. 메루 씨도 그렇게 하기로 했고."

"지, 진심으로 말하는 건가요?"

"물론이지. 그러니까 겁먹지 않아도 괜찮아. 무서웠지? 친구가 다쳐서."

"어…… 아…….."

그 말을 들은 순간, 어째서인지 목소리가 더 나오지 않았다.

떨리는 손으로 잠금을 풀고, 문을 열었다. 그곳에는 평소처럼 상냥하게 웃는 시로가 서 있었다.

시로는 조심스럽게 손을 뻗더니 그대로 테트라를 끌어안았다.

"나는 괜찮아. 내 피, 마셔도 돼."

시로는 테트라를 꼭 껴안은 채로 달래듯이 상냥하게 머리를 쓰다듬어 줬다.

“하, 하지만, 그러면 시로가…….”

“괜찮아. 나는 남들보다 튼튼한 편이거든. 그리고……
괴로운데도, 이렇게 나를 다치게 하지 않으려고 참고 있잖
아. 테트라가 상냥한 아이란 건 나도 잘 알아.”

“웃.”

예상하지 못한 상냥한 말에 미약한 울음이 새어 나왔다.

하지만 여기서 아이처럼 소리 내어 우는 건 자존심이 허
락하지 않아서, 눈에 차오른 눈물을 소매로 거칠게 닦았다.

“그, 그렇게까지 말하면 마실게요?! 마실 거예요?! 저,
정말, 괜찮나요?!”

최대한 센 척하며 그렇게 말하자 시로는 다시 한번 “물
론”이라고 대답했다.

테트라는 발돋움하여 시로의 목에 팔을 둘렀다. 당장이
라도 끊어질 듯한 이성을 필사적으로 유지하며 최대한 상
냥하게, 조심스럽게 시로의 목덜미에 이를 박아 넣었다.

“음…….”

쪼옥 하고 단숨에 피를 빨아들였다.

입안 가득 풍부한 피 맛이 퍼져나갔다. 평소보다도……
아까 덮쳐서 억지로 빨았을 때보다도 어쩐지 훨씬 맛있게
느껴졌다.

“어때? 조금은 진정돼?”

“음…… 시로의 피, 맛있어요…….”

“그거 다행이네.”

시로의 목소리는 어쩐지 기쁘게 들렸다. 부드럽게, 달래듯이 머리를 쓰다듬어 준다.

“저기, 시로…….”

“응?”

“테트라가…… 싫어지진 않았나요?”

얼굴을 떨어트리고 불안한 시선으로 바라보는 테트라에게, 시로는 상냥하게 미소 지었다.

“안 싫어해. 나는 테트라를 매우 좋아하는걸.”

그 말을 듣자 점점 심장의 고동이 빨라져서, 부끄러워지고 말았다.

그것을 감추듯이 테트라는 다시 시로에게 달라붙어 다시 힘차게 피를 빨았다.

“으음…….”

“미안해요……. 아프죠…….”

“괜찮아. 더 마셔도 돼.”

“네…….”

꼴깍, 꼴깍 피가 목을 넘어갈 때마다 가슴이 뜨거워진다. 머리가 몽롱하고, 기분 좋았다.

“후아…….”

왠지, 이렇게 달라붙은 자세가 갑갑하게 느껴졌다.

“……침대로, 가요.”

“어? 어엇?!”

테트라는 시로를 가볍게 공주님 안기로 들고는 그대로 침대로 옮겼다. 그리고 데굴, 시로를 침대에 굴렸다.

“테트라?!”

“음…… 얌전히 있으세요…….”

그 위에 올라타서 다시 피를 빨았다.

어째서인지 시로가 얼굴을 새빨갛게 물들이며 당황했지만, 그게 전혀 신경 쓰이지 않을 정도로 머리가 몽롱하고 기분 좋았다.

“하아…… 시로…… 좋아…… 좋아…… 시로…….”

자신이 무슨 말을 내뱉었는지도 잘 모르겠다. 단지 마음에 떠오르는 말을 그대로 소리 내어 말했다.

어느샌가 시로를 마구 탐하고 싶다는 욕구는 사라졌다.

지금은 단지, 좋아하는 사람이 자신을 받아들여 줬다는 사실이 기쁘고, 행복해서, 이대로 계속 이렇게 시로와 닿아 있고 싶었다.

어째서인지 몸이 뜨겁고, 뱃속이 조여들었다. 시로에게 더 닿고 싶어서, 꼭 끌어안은 팔에 힘을 줬다.

딱히 격한 운동을 한 것도 아닌데 호흡이 거칠어졌다. 심장이 아플 정도로 두근거렸고, 머리가 멍했다.

시로의 냄새를 맡을 때마다 가슴이 애달팠고, 더 깊게 이어지고 싶어서…… 시로의 뺨에 손을 얹었다.

“시로…….”

다시 한번 이름을 부르고 천천히 입술을 겹쳤다.

“음…… 쪽…….”

처음 맛보는 남자의 입술. 그 감촉을 확인하듯이 입술을 움직였다. 부드럽고, 따뜻하고, 기분 좋았다.

머리가 몽롱하고, 행복해서, 참을 수 없었다.

“푸하…… 읍…….”

이번엔 아까보다도 길고, 깊게.

시로의 입술을 억지로 열어 혀를 얽자, 뇌수까지 저릿해지는 듯한 쾌감이 몰려왔다.

“음…… 츄읍…… 음…….”

입술 사이로 타액이 섞이는 소리가 들렸다. 그래도 키스는 멈추지 않고 혀의 움직임에 집중했다.

번들거리는 혀가 얽힐 때마다 몸속에서 오싹한 감각이 복받쳐 올랐다. 몸이 뜨겁게 달아올랐다.

“음…… 프하…….”

힘들어져서 입술을 떨어트리자 두 사람 사이에 은색 실이 걸렸다. 그게 왠지 매우 야릇하게 느껴져서, 점점 멈출 수가 없어졌다.

“시로…… 정말 좋아해요…….”

테트라는 시로를 꼭 끌어안고 다시 입술을 겹치며 혀를 움직였다.

이렇게 그날 밤, 테트라는 시로를 마음껏 느꼈다.

†

테트라가 눈을 뜬 건 다음 날 아침이었다.

"으으……."

의식이 멍했다. 다만, 눈앞에 시로가 있었다. 새근새근 숨소리를 내며 잠들어 있었다.

아무래도 둘 다 흡혈하는 사이에 잠든 모양이다.

반쯤 멍한 채로 시로의 목덜미를 건드렸다. 거기엔 어젯밤의 흡혈흔이 남아 있었다. 그것을 보고 있으니 가슴이 두근거렸다.

"♡"

아직 잠에 취한 채로 시로의 가슴에 이마를 대고 비비적댔다. 시로가 너무 좋고, 사랑스러워서, 이렇게 있는 것만으로도 행복했다.

시로의 얼굴을 올려다봤다. 잠든 얼굴이 귀엽고, 너무 좋아서…… 키스하고 싶다는 생각이 들어서…….

'……아니, 테트라는 대체 뭐 하고 있는 건가요오오오?!'

잠깐의 스킨십을 즐긴 후에야 잠기운이 달아났다.

서둘러 시로에게서 몸을 떨어트렸으나, 허둥댄 나머지 침대에서 떨어졌다.

"끄아앗?!"

크게 엉덩방아를 찧었다. 통증에 잠시 끙끙 앓다가 비틀거리며 일어섰다.

머릿속에 플래시백 되듯이 떠오르는 건 지난밤의 기억.

……평소, 시로에게 흡혈할 때의 기억을 잘 떠올리지 못하는 테트라지만, 어째서인지 어젯밤의 일만큼은 선명하게 떠올랐다.

물론, 어제 자신이 한 짓도.

'해, 해 버렸다?! 테, 테트라, 시로와 키스해 버렸어요?!'

무의식적으로 자기 입술을 만졌다. 아직 그때의 감촉이 살짝 남아 있는 듯했다.

……첫 키스였다.

'무, 무효!! 무효예요!! 어, 어젯밤의 테트라는 제정신이 아니었고, 테트라의 첫 키스는 좀 더 로맨틱한…… 으아아앙!'

어젯밤의 기억을 떠올리자, 얼굴이 새빨개지고 머리에서 김이 솟아올랐다.

테트라도 한창 나이대의 여자아이다. 첫 키스에는 나름대로 환상이 있었고, 언젠가 로맨틱한 분위기에서 멋진 남성과 하고 싶다는 꿈도 있었다.

'그, 그걸 그렇게…… 육식 짐승처럼……!'

적어도 상상하던 로맨틱과는 완전히 동떨어졌다. ……그런데, 그게 그리 싫지는 않았다.

떠올리다 보니 얼굴이 뜨거워지고, 가슴이 두근거리고…… 그때였다.

"으음……."

시로가 작게 소리를 내는 바람에 펄쩍 뛸 뻔했다. 조심스럽게 얼굴을 들여다보니 시로가 살짝 눈을 떴다.

"……테트라?"

"괘, 괜찮나요, 시로?"

얼굴에서 불이 날 정도로 부끄러웠지만, 그런 마음은 일단 깊숙이 집어넣고 시로의 상태를 확인했다.

"아픈 곳은 없나요? 기분은?"

"난…… 괜찮아."

괜찮다고는 했지만, 안색이 그리 좋지 않았다. 아마도 빈혈 증상이겠지.

시로의 힘없는 모습을 보자 죄책감에 가슴이 아팠다.

"……어제는…… 죄송했어요…….."

"나는 신경 쓰지 마. 테트라는 괜찮아?"

"네, 네! 덕분에 말끔히…….."

"그래? 다행이네."

그렇게 말하며 시로는 진심으로 기쁘게 웃었다.

……그 웃음을 본 순간, 가슴이 두근거리며 고동이 빨라지는 게 느껴졌다.

"웃?!"

가슴의 고동에 테트라가 당황하는 사이에, 시로는 천천히 침대에서 내려왔다.

"어, 어디 가요?"

"학교. 아직 평일이니까. 이대로는 지각할 것 같지만, 안 갈 수는 없…… 어라?"

비틀, 시로의 몸이 앞으로 기울더니 그대로 바닥에 풀썩 쓰러지고 말았다.

"시로?!"

테트라는 서둘러 시로를 부축해 일으켜 세웠다.

"으, 으으……."

"역시 안 괜찮잖아요?! 무리하지 말고 더 자세요!"

"괜찮다니까……."

"그렇게 창백한 얼굴로 뭐가 괜찮다는 거예요?! 테트라가 학교에 연락할 테니까 시로는 일단 오늘은 푹 자세요! 알겠죠?!"

"미안……."

"사과하지 말고요! ……시로는 테트라를 위해서 이렇게 된 거니까요."

어째서일까. 그렇게 말하니 다시 가슴이 두근거렸다.

모르는 감각에 당황하면서도 테트라는 시로를 부축하며 침대로 돌려보냈다.

"일단 오늘은 안정이 우선이에요. 알겠죠?"

“그래……..”

“………그, 그런데 말이죠.”

목소리가 살짝 뒤집어져서, 시로가 의아하다는 얼굴로 자신을 바라봤다.

견디기 힘들 정도로 부끄러웠지만, 일단 이야기는 해야 했다.

“어, 어어, 그게, 저…… 어, 어젯밤 흡혈 중에 그건 사고라고 해야 하나, 테트라도 정신이 없었다고 해야 하나, 그, 그러니까, 그게…… 어어…… 그러니까…….”

“사고? 흡혈할 때 무슨 일 있었어?”

“네?”

시로는 의아하다는 목소리로 물었다.

“어제 의식이 몽롱했는지, 무슨 일이 있었는지 기억이 잘 안 나.”

“아무것도 기억이 안 난다고요?”

“응…… 아야야?! 왜 꼬집는 거야?!”

“시끄러워요!”

자신의 첫 키스를 깔끔히 잊어버렸다니. 이기적이란 생각은 들었지만 꼬집지 않을 수가 없었다.

"시로? 식욕은 어때요?"

"가벼운 거라면 먹을 수 있을 것 같아······."

"그러면 뭔가 준비해 올게요. 잠시 기다리세요."

그렇게 말하며 테트라는 방을 나갔다. 목소리가 평소보다 상냥했다.

결국 시로는 오늘 하루 학교를 쉬게 되었고, 테트라는 시로를 정성스럽게 간병하는 중이다.

어제 일의 속죄라고 생각하는 거겠지. 시로는 전혀 신경 쓰지 않았지만, 거절하지 않는 편이 좋다고 판단하여 묵묵히 간병을 받기로 했다.

실제로 상당히 체력이 저하돼서 간병해 준다면 무척 고맙다. 시로는 그런 생각을 하면서 꾸벅꾸벅 졸았다.

그로부터 시간이 조금 지났다.

"시로, 일어날 수 있겠어요?"

"흐어?!"

꾸벅꾸벅 졸다가 귓가에 상냥한 속삭임이 들려와 자기도 모르게 이상한 소리를 내고 말았다.

"아······ 좋은 아침. 테트라."

"좋은 아침이에요. 밥, 다 됐어요."

"으, 응. 고마워."

테트라는 어딘가 긴장한 모습으로 시로 앞에 수프가 든 그릇을 내밀었다.

조금 걸쭉한 수프에선 식욕을 돋우는 향신료 냄새가 났다.

"저…… 이거, 테트라가 만들어 봤는데…… 입에 맞으면, 기쁘겠어요."

"어? 테트라가 만들었어?"

"그, 그런데요?! 무, 무슨 불만이라도 있나요?!"

쑥스러운지 테트라는 퉁명스럽게 말했다. 그 모습을 보니 평소 상태로 돌아온 느낌이어서 시로는 조금 웃고 말았다.

"아니야. 조금 뜻밖의 일이라. 엄청 기뻐. 고마워."

"그런가요……."

볼을 붉히며 테트라는 숟가락으로 뜬 수프를 시로의 입가에 가져갔다.

"드, 드세요."

"아, 아냐. 내가 먹을게."

"안 돼요! 쏟아서 화상이라도 입으면 어쩌려고 그래요! 그러니까, 그…… 앙―."

"아, 앙…… 뜨거?!"

입에 닿은 순간 시로는 몸을 뒤로 뺐다.

"괜찮나요?!"

"괜찮아. 생각보다 좀 뜨거워서……."

“미안해요…….”

그렇게 말하며 테트라는 수프로 시선을 내렸다.

마음을 진정시키듯이 심호흡. 그리고 스푼으로 뜬 수프에 얼굴을 가져다 대고 후―, 후― 하고 입김을 불었다.

“……드세요.”

“……응.”

시로의 입안에 수프가 흘러 들어갔다. 이번엔 딱 좋은 온도였다.

하지만 테트라의 입김이 닿은 것을 먹는다고 생각하면 부끄러웠다.

그건 테트라도 비슷했는지, 시선을 피하고 얼굴을 붉힌 채로 입을 우물거렸다. 그 모습이 또 귀여워서, 보고 있으면 가슴이 뛰었다.

“……맛있네.”

“저, 정말인가요? 억지로 먹는 건 아니죠?”

“아니야. 정말로 맛있어.”

거기서 잠시 둘의 대화가 끊겼다.

상대의 상태를 살피듯이 흘끔흘끔 시선을 보내다, 시로가 먼저 천천히 입을 열었다.

“그, 테트라.”

“네.”

“전에, 내가 어렸을 때 산에서 실종돼서 여자아이한테

구해진 이야기 했었지?”

“……네.”

“혹시…… 테트라가, 네페야?”

시로의 말에, 테트라는 주저하듯이 시선을 이리저리 움직였다. 하지만 결국 고개를 끄덕였다.

“……’네페’는 이름이 아니라 ‘누나’라는 의미예요.”

“그렇구나……. 확실히, 그땐 테트라가 더 어른스러웠으니까.”

“저기!”

테트라는 일어서더니 다시 고개를 깊이 숙였다.

“정말 죄송해요! 그때도, 이번에도, 시로를 다치게 하고, 무섭게 하고…….”

“테트라, 고개 숙일 거 없어.”

시로의 말에 테트라는 주뼛거리며 고개를 들었다. 그런 테트라에게, 시로는 부드러운 표정을 지었다.

“전혀 화 안 났어. 그보다 나야말로 감사하고 싶었어. 그때 나를 구해줘서 고마워. 이렇게 재회해서 정말 기뻐.”

“하지만…….”

“괜찮아. 예전에도, 지금도. 나는 계속 테트라를 좋아하니까.”

그렇게 말하며 웃자, 테트라의 얼굴이 다시 확 붉어졌다.

“……그건, 반칙이에요.”

“응? 뭐라고 했어?”

“아, 아무것도 아니에요! 아직 더 먹을 거죠?”

“응.”

“그럼 다시 앙 하세요. 테트라가 먹여줄 테니까요.”

그렇게, 시로의 식사를 재개했다.

솔직히 무척 부끄러운 시간이었다.

테트라가 수프에 후, 후 입김을 불고 시로에게 “앙~” 하며 먹여주고. 시로가 입을 우물거릴 동안에는 기쁜 듯이 눈을 가늘게 뜨고 바라본다.

무척 행복한 시간이었다.

가슴이 두근거리고, 기뻐하는 테트라가 귀여워서, 그것만으로도 어제 사건을 보답받고도 남을 정도였다.

식사를 마친 후, 시로는 다시 침대에 눕게 되었다. 테트라는 침대 옆에 둔 의자에 앉아 그런 시로를 빤히 바라봤다.

“간병할 때 굳이 계속 옆에 있지 않아도 되는데?”

“……싫어요.”

“왜?”

“테트라는 시로랑 같이 있고 싶어요. 안 되나요?”

“안 될 건 없지만…….”

“그럼, 괜찮죠?”

그렇게 말하고 테트라는 조심스럽게 손을 뻗어서 시로

의 손을 잡았다. 그리고 손가락이 얽혔다. 이른바 연인 손깍지였다.

"그…… 이건 무슨 뜻이야?"

"……."

테트라는 볼을 붉힌 채로 아무 말도 하지 않았다. 두 사람 사이에 침묵이 흘렀다.

다만 손을 잡고 있는 것만으로도 온몸이 뜨거웠다. 심장이 쿵쿵 뛰어서 시끄러울 정도였다.

"어젯밤, 시로가 와 줄 때까지 엄청 불안했어요."

작게 중얼거리듯이 테트라가 말했다.

"시로를 다치게 만들어서, 더는, 같이 있을 수 없다고 생각해서…… 지금 이러는 것도 어쩌면 제멋대로 꾸는 꿈이 아닐까 하고……."

"난 여기 있어. 괜찮아."

"……네."

테트라는 그렇게 말하더니 꾸물거리며 시로를 올려다 봤다.

"저…… 시로를, 꼭 안고 싶어요."

"어?"

"시로를, 좀 더 느끼고 싶어서…… 안, 될까요?"

여러모로 걸리는 점은 있었지만, 저렇게 글썽이는 눈으로 바라보면 거절할 수 있을 리가 없다. 시로는 주저하면서 고개를 끄덕였다.

시로의 대답이 떨어지자, 테트라는 주뼛거리며 침대 안으로 들어왔다. 그대로, 시로의 몸에 팔을 둘렀다.

소중한 물건을 끌어안듯이 꼭 안겨서, 테트라의 부드러운 몸이 밀착했다. 체온을 느꼈다. 테트라의 두방망이질 치는 고동이 전해져 왔다.

'테트라도…… 두근거려……?'

그 사실을 깨닫고, 시로도 가슴이 점점 더 두근거렸다.

그리고 테트라의 고동을 느낀다는 건, 당연히 테트라에게도 시로 두근거림이 전해진다는 뜻이고…….

"……시로, 엄청 두근거리네요?"

"그야…… 테트라가 귀여우니까……."

마지막 말은 기어들어 가는 목소리였지만 어떻게든 입 밖으로 꺼냈다.

부끄러워서 볼이 불에 덴 듯 뜨거웠지만, 테트라 또한 귀까지 새빨개졌다.

그렇게 서로를 말없이 끌어안고 시간이 지나간다. 그저 테트라의 온기를 느끼는 것만으로도 행복했다.

테트라도 시로와의 스킨십을 만끽하듯이 꼭 끌어안은 팔에 힘을 더했다.

무척 행복한 시간이었지만…… 시로도 남자다. 역시, 이

© Kani Biimu

상황이 조금 괴로워지기 시작했다.

"테트라, 슬슬 놔줬으면 좋겠는데."

"왜요?"

테트라가 불만스럽게 시로를 바라봤다. 한편 시로는 횡설수설하면서 어떻게든 말을 이어 나갔다.

"그…… 자꾸 닿는데……."

"닿는다고요?"

테트라는 멀뚱멀뚱한 표정으로 자기 가슴을 내려다봤다.

그리고 시로의 몸에 닿은 가슴과, 붉게 물든 시로의 얼굴을 번갈아 봤다. 시로를 향하는 눈매가 자연스럽게 날카로워졌다.

"시로 엉큼해……."

"미, 미안."

서둘러 사과하는 시로. 하지만 테트라는 놔주지 않았다.

"저기, 테트라? 여전히 닿아있는데……?"

"남자는 이런 걸 좋아하지 않나요?"

"그야, 꼭 아니라고는 못 하겠지만……."

"그럼 이대로 있을래요."

그렇게 말하며 더욱 세게 끌어안았다.

"잠깐! 잠깐만! 그게! 나는 이제 여러모로 한계라고 해야 하나! 더는…… 이, 이상한 생각이, 들 것 같다고 해야 하나……."

"무슨 이상한 생각이요?"

"그건, 저기……."

시로가 말을 잇지 못하자 테트라가 천천히 시로의 귓가에 입술을 가져다 댔다.

"시로도, 테트라랑…… 키, 키스하고 싶다거나, 그런 생각, 하나요……?"

"읏!"

시로는 소리 없는 비명을 질렀다.

심장이 폭발할 것처럼 쿵쿵 고동쳤다.

그와 동시에, 닿은 가슴에서 전해지는 테트라의 고동도 비슷하게 뛰고 있었다.

머리가 어지러워서 아무 생각도 나지 않았다.

다만, 테트라가 촉촉한 눈으로 바라봐서, 마음의 깊은 곳에 있는 무언가가 넘쳐흐를 것 같았다.

"괘…… 괜찮, 아요……."

달콤한 속삭임이 시로의 이성을 녹였다.

테트라가 자신을 올려다보고 있다. 서로의 숨결이 닿을 거리.

테트라의 촉촉한 눈동자에 시로만이 비쳤다. 그 눈이, 천천히 감겼다.

이제 아무 생각도 들지 않아서, 불빛에 이끌린 나방처럼 시로도 얼굴을 가져다 댔다. 이제 곧 입술이 닿을…… 그

순간이었다.

복도에서 쿵쿵대는 발소리가 들리는 듯하더니, 방문이 벌컥 열렸다.

"아가씨, 시로 님! 무사하신가요?!"

너무나도 걱정되었던 것일까. 메루가 노크도 하지 않고 방으로 뛰어 들어왔다.

시로와 테트라는 펄쩍 뛰듯이 몸을 떨어트렸다.

그 광경을 보고, 메루는 눈을 끔뻑였다.

"두 분 다 건강해 보이셔서 다행이네요. 그런데, 그…… 혹시 제가 방해했나요? 지금이라도 두 시간쯤 산책하고 올까요?"

"아, 아니에요! 테트라는 그게, 저…… 시로가 잠을 전혀 못 자겠다고 해서 같이 자려는 것뿐이었어요! 맞죠, 시로?! 그랬죠?!"

"어, 응!"

"………."

메루는 '그 변명은 너무 억지가 아닌지?' 하고 묻고 싶은 표정이었지만, 굳이 말로 꺼내지는 않았다.

어쨌든, 이렇게 모두의 일상에 평온이 돌아왔다.

†

"테트라는 대체 뭘 한 건가요, 정말! 정말—!!"

그 후, 시로가 다시 잠들어서 테트라도 방으로 돌아왔으나…… 아까 자신이 한 짓이 너무 부끄러워서 테트라는 베개에 얼굴을 파묻고 발버둥 쳤다.

간병을 위해 수프를 대신 먹여준 건 그나마 괜찮다. 소꿉친구가 재회한 것이니까 같이 자는 것도 아슬아슬하게 세이프라고 생각한다.

하지만, 그 후의 행동은 전부 아웃이겠지.

'아, 아니에요! 테트라는 그런 엉큼한 여자가 아니에요! 아— 정말, 테트라는 왜 그런 짓을 한 건가요—!'

마음속으로 그렇게 비명을 질렀으나, 폭주하게 된 이유는 분명했다.

꼭 끌어안았을 때, 시로의 가슴이 무척 두근거렸으니까.

자신과 꼭 붙어 있는 것으로 시로가 그렇게 두근거렸다고 생각하면 왠지 기뻤고, 자신까지 두근거렸고, 행복해서. 그래서…….

머리에서 김이 푸슉 빠져나오며 테트라는 베개에 얼굴을 묻었다.

……여러모로 부끄럽지만, 가장 부끄러운 건 거기서 중단된 사실을 아쉬워하는 자신이었다.

계속 이어 나갔다고 상상하면, 왠지 몸이 뜨거워져서…….

베개에 얼굴을 묻은 채로 괴로워하는데, 갑자기 노크 소리가 들려와서 하마터면 비명을 지를 뻔했다.

"아가씨. 들어가도 될까요?"

"메, 메루인가요. 들어오세요."

그렇게 말하자 메루가 방에 들어왔다. 어쩐지 쓴웃음을 참는 듯한 표정이었다.

"무슨 일인가요?"

"아까 레포트가 도착했는데, 흡혈 충동의 발현 조건이 특정되었어요."

"정말인가요!"

테트라의 표정이 확 밝아졌다. 이번엔 무사히 지나갔지만, 다시 언젠가 흡혈 충동이 발현할 수 있다고 생각하면 너무나도 불안했다.

발현 조건이 명확하다면 대처도 가능하다.

다만, 메루의 표정이 밝지 않았다. ……정확히 말하자면 어쩐지 테트라를 가엾게 여기는 듯한 느낌이었다.

"메루, 왜 그래요? 뭐, 뭔가 나쁜 내용이라도 적혀 있었나요?"

"아뇨. 그런 건 아닌데요…… 이걸 뭐라고 말씀드려야 할지……."

메루치고 상당히 모호한 태도였다. 다만, 바로 결심한 듯이 메루는 크흠 하고 헛기침했다.

"최근 흡혈 충동을 보인 흡혈귀에게는 공통점이 있었

어요.”

“공통점?”

“네. 확인된 공통점은 주로 세 개입니다. 그 세 개를 모두 충족시켰을 때, 흡혈 충동이 발현할 위험이 있어요.”

그렇게 말하며 메루는 우선 손가락을 하나 세웠다.

“첫 번째는 테트라 님과 시로 님과 같은 관계…… 평소에 사이가 좋고, 매일 흡혈하는 관계. 이걸 일단 파트너라고 칭할게요. 파트너가 있는 게 흡혈 충동 발현의 제1 조건이에요. 흡혈 충동이 나타났을 땐 기본적으로 파트너의 피를 원하게 되죠.”

메루의 말에 테트라는 수긍한 표정으로 고개를 끄덕였다.

그 말대로 발현 중에는 시로의 피를 미치도록 마시고 싶었고, 다른 피를 아무리 마셔도 흡혈 욕구가 억제되지 않았다.

이어서 메루는 두 번째 손가락을 세웠다.

“두 번째는 며칠간 파트너로부터 흡혈하거나 접촉하는 것을 참는 것. 아가씨도 요즘 시로 님과 놀거나 흡혈하는 횟수를 줄이셨죠?”

“네.”

이것에도 테트라는 수긍하며 고개를 끄덕였다.

시로가 곧 기말시험이라서 참고 있었는데, 그게 흡혈 충동의 원인이 될 줄은 몰랐다.

“그렇군요…… 그래서 세 번째는?”

“세 번째는…….”

역시 메루의 태도가 모호했다. 하지만 한번 크흠 하고 헛기침하더니 애써 담담한 말투로 말하기 시작했다.

“세 번째는…… 아가씨, 생물의 3대 욕구를 아시나요?”

“네?”

생각지도 못한 질문에 테트라는 눈을 깜빡였다.

“식욕, 수면욕, 그리고…… 서, 성욕이던가요?”

“네. 잘 아시네요. 식욕과 수면욕에 관해선 설명이 필요하지 않지만, 성욕의 발현 방향은 다양하죠. 성행위가 하고 싶은 건 물론이고, 좋아하는 상대와 스킨십이 하고 싶다, 키스하고 싶다, 연인이 되고 싶다. 그런 것들도 성욕의 한 종류라고 할 수 있어요. 그래서 말이죠. 저희 흡혈귀는 아무래도 식욕과 성욕이 상당히 가까운 위치에 있다고 해야 할까요…….”

“아, 아까부터 무슨 이야기를 하는 건가요? 빨리 본론을 말해 주세요.”

“……그럼 단도직입적으로 말씀드리죠. 세 번째 조건은, 파트너에게 무언가 성적 욕구를 품는 것입니다.”

“……네?”

그 의미를 바로 이해하지 못해서 테트라는 멍한 표정을 지었다.

하지만 의미를 이해하자, 그 얼굴이 곧바로 새빨개졌다.

"아, 아니에요! 아닐 거예요! 테트라는 그런……!"

"아가씨. 부끄러운 심정은 이해하지만, 솔직히 대답해 주세요. ……만일 아가씨가 미확인 조건으로 흡혈 충동을 발현했다면 대응 방법이 전혀 달라집니다."

메루의 말투는 무척이나 진지했고, 그 내용도 지당했다.

테트라는 눈물을 글썽거리며 바들바들 떨었다.

"그게…… 메루가 나간 후에, 만화를 읽었는데……."

"네."

"거기에…… 그…… 야, 야한, 장면이 나와서……."

"네."

"그 야한 장면을…… 시로랑 하는 거, 상상해서…… 그래서……."

메루는 마치 자식이 숨겨놨던 야한 책을 발견한 어머니처럼 온화한 표정으로 테트라의 어깨에 손을 얹었다.

"괜찮아요. 그건 부끄러운 일이 아니랍니다. 아가씨도 그럴 나이니까요."

"으으으!! 상냥한 태도가 더 괴로울 때도 있다고요! 그보다 뭐죠?! 그렇게 심각한 일이었는데 발단은 테트라가 야한 생각을 해서 그렇게 됐다는 건가요?!"

"뭐, 결론을 말하자면 그렇네요."

"으아앙—! 그냥 죽여주세요!! 그냥 죽을래요——!!"

소란을 피우는 테트라에게, 메루는 시종일관 온화한 표정을 지어 보였다.

"진정하세요. ……그래서 아가씨는, 시로 님과 어떤 관계가 되고 싶은가요?"

"그건…….."

"연인이 되고 싶은 거라면 도와드릴 수 있어요. 시로 님이 상대라면, 저도 진심으로 응원해 드릴게요."

"그, 그러니까 아니라고요! 시로는 그런 게 아니라…… 맞아! 시로는 남동생 같은 존재로…….."

"남동생 같은 분에게 성적 욕구를 품었다면, 도덕적으로 더 문제가 아닐까요?"

"그, 그건…… 아으으…….."

너무 부끄러운 나머지 눈물을 글썽거리는 테트라.

주인에게 이런 생각을 하는 건 그리 좋지 않지만, 메루는 왠지 테트라를 놀리는 게 재밌어지기 시작했다.

게다가 테트라도 자존심 등이 방해해서 솔직히 시로를 좋아한다고 인정하지 못하는 거겠지. 그걸 깨달은 메루는 다음 수를 뒀다.

"그러면 실험해 보시겠어요?"

"실험?"

"네. 실은 저도 요즘 순정 만화라는 걸 자주 읽거든요. 거기에 상대에게 연애 감정이 있는지를 간단히 구분하는 방법이 나와 있었어요."

"흐, 흥. 좋아요. 한번 해 보죠."

"그러면 우선, 스마트폰의 메시지 앱을 열어 주세요."

"네."

테트라는 그녀의 말대로 스마트폰을 집어 들어 메시지 앱을 열었다.

"시로 님과의 대화창을 열어 주세요."

"네."

"그럼 마지막으로, 메시지 입력란에 '좋아해요. 사귀어 주세요'라고 입력하세요."

"……그런 걸 어떻게 해요?!"

테트라는 새빨개진 얼굴로 스마트폰을 베개에 홱 던져 버렸다.

한편 메루는 유쾌한 얼굴로 히죽 웃었다.

"꼭 보내지 않아도 괜찮아요. 그냥 메시지란에 적는 것만으로도 괜찮아요. ……상대에게 마음이 있으면 두근거려서 메시지를 쓰지 못한다고 하더군요. 어떠신가요?"

그렇게 말하면 물러설 수 없었다. 테트라는 이제 자포자기한 마음으로 그녀의 말대로 메시지를 입력했다.

"자, 자. 어떤가요?! 제대로 입력했어요! 이 정도야 아무것도 아니죠!"

아무것도 아니라고 말은 했지만, 지금 테트라의 얼굴은

새빨갰고, 눈은 글썽거렸고, 마치 사투라도 벌인 듯이 후
욱, 후욱 거칠게 숨을 내몰아 쉬고 있었다. 누가 봐도 승부
는 결정되었다.

메루는 그런 테트라에게 흐뭇한 미소를 지어 보이고는
테트라의 귓가에 입가를 가져다 댔다.

"저기, 아가씨? 그 메시지…… 이대로 보내버리면 어떨
까요?"

"무, 무슨 소리를 하는 거예요?! 저런 말을 보냈다간……!"

"그 메시지를 보내서 시로 님이 받아들이면, 이제 아가
씨와 시로 님은 연인이 될 수 있겠죠."

연인이라는 단어에 테트라는 심장이 튀어나올 것 같았다.

"자, 상상해 보세요. 시로 님과 연인이 되면 무슨 짓을 해
도 돼요. 원하는 만큼 어리광을 부려도 좋고, 키스도 하고,
꼭 끌어안고, 그 이상도…… 할 수 있죠."

꿀꺽, 침을 삼켰다.

"시로 님과 연인이 되어서 마음껏 스킨십하고, 좋은 분
위기가 되면…… 키스하고, 그리고…… 참지 못한 시로 님
이 아가씨를 쓰러트리고……."

"으…… 으으……."

"……그렇게 아가씨를 쓰러트린 시로 님이, 아가씨의 귓
가에 달콤한 고백을 속삭이고, 아가씨의 날개를 상냥하게
애무하고……."

그렇게 말하며 메루가 테트라의 날개를 손가락 끝으로 쓰다듬자, 테트라는 "히익?!" 하고 귀여운 비명을 질렀다. 그대로 손길이 이어지자, 테트라의 표정이 점점 풀어졌다.

"몇 번이나 키스하고, 아가씨도 그걸 받아들이고, 그리고 두 사람은 하나로 녹아들어서 얽히고……."

"이, 이제 그만 하세요—!!"

그렇게 테트라가 메루에게 장난감 취급당할 때였다.

"냐아—."

"꺅?!"

어느샌가 다가온 쿠로가 테트라의 무릎으로 뛰어 올라왔다.

쿠로는 "냐—" 하며 왠지 불만스러운 소리를 내더니 테트라를 빤히 올려다봤다.

"무슨 일이죠? 나중에 놀아줄 테니까 잠시 기다리세요."

그렇게 말하며 머리를 쓰다듬었으나 쿠로는 여전히 불만스러워 보였다.

쿠로는 테트라가 든 스마트폰으로 시선을 옮겼다. 그리고 앞발을 움직여서 스마트폰 화면을 톡 터치했다.

[송신]

"어?"

화면을 봤다.

'좋아해요. 사귀어 주세요'라는 메시지가 보내졌다.

읽음 표시가 떴다.

“…………꺄아아아아아아아악?!”

저택에 테트라의 비명이 울려 퍼졌다.

좋아해요.
사귀어 주세요.
읽음

후기

　처음 뵙는 분은 처음 뵙겠습니다. 다시 보는 분은 반갑습니다. 이와츠카 이즈카입니다.

　이번 〈매일 밤 쪽 하고 애교부리는 흡혈귀 아가씨〉를 읽어 주셔서 감사합니다!

　전작 〈'계속 친구로 있어 줘'라고 말하던 여사친이 친구가 아니게 될 때까지〉가 호평을 받아서, 마찬가지로 소동물계 히로인과의 알콩달콩 노선으로, 그러면서 차별화를 준 츤데레 흡혈귀와의 조금 야릇한 이야기를 만들어 보고자 본 작품이 탄생했습니다.

　이 후기를 쓴 시점에 어머니와 지인(여성 포함)이 읽는 것이 거의 확정되어서 내심 '크아아악' 하며 몸서리를 치는 중이지만 노력해 보겠습니다. 괜찮다면 응원해 주세요.

　여기서부턴 감사 인사를.

　일러스트를 담당해 주신 카니빔 님. 멋진 일러스트 감사합니다! 표지의 테트라가 귀여워서 자꾸만 들여다보며 '으헤헤……' 하고 있습니다.

　담당 편집자 사와오 님. 다양한 조언 감사합니다! 항상 많은 칭찬을 보내 주셔서 기분 좋게 작업할 수 있었습니다.

앞으로도 잘 부탁드립니다!

이 책을 읽어 주신 독자님들. 함께해 주셔서 감사합니다! 즐겁게 읽어 주셨으면 좋겠습니다. 앞으로도 노력할테니 잘 부탁드립니다!

무사히 다음 권을 낼 수 있다면 달달함과 야릇함을 대증량하여 보여드릴 테니 기대해 주세요!

그리고, X(구 트위터) 계정을 운영 중입니다. 가끔 신작정보와 작품 비화, 소소한 SS도 공개하니 관심 있으시면 팔로우해 주세요.

매일 밤 쪽 하고 애교부리는 흡혈귀 아가씨 1

2025년 4월 15일 1판 1쇄 발행

저   자 이와츠카 이즈카
일 러 스 트 카니빔
옮 긴 이 강유정
발 행 인 유재옥
이   사 조병권
출판본부장 박광운
편 집 2 팀 정영길 박치우 조찬희
편 집 3 팀 오준영 권진영 이소의 정지원
디자인랩팀 김보라
디지털사업팀 김경태 김지연 윤희진
콘텐츠기획팀 박상섭 강선화
라이츠사업팀 김정미 유아현
영업마케팅팀 최원석 윤아림
물 류 팀 허석용 백철기
경영지원팀 최정연
인쇄제작처 ㈜코리아피엔피
발 행 처 ㈜소미미디어
등   록 제2015-000008호
주   소 서울시 마포구 토정로222, 502호 (신수동, 한국출판콘텐츠센터)
판매 및 마케팅 (070) 8822-2301

ISBN 979-11-384-8637-8
ISBN 979-11-384-8636-1 (세트)